비밀편지

*Secret
Edition*

일러두기
《비밀편지 Secret Edition》은 2017년 출간된 《비밀편지》에 다 담지 못했던 글을
새롭게 더한 개정증보 특별판입니다.

비밀편지 Secret Edition

초판 1쇄 발행 2017년 9월 25일
초판 9쇄 발행 2019년 6월 10일
2판 1쇄 발행 2019년 9월 9일
2판 2쇄 발행 2021년 12월 10일

지은이 박근호

펴낸이 이성용
책임편집 박의성 　**책디자인** 책돼지

펴낸곳 빈티지하우스
주　소 서울시 마포구 성산로 154 4층(성산동, 충영빌딩)
전　화 02-355-2696 　**팩　스** 02-6442-2696
이메일 vintagehouse_book@naver.com
등　록 제 2017-000161호 (2017년 6월 15일)

ISBN 979-11-89249-20-5 03810

비밀편지

Secret
Edition

박근호

빈티지하우스
VINTAGE HOUSE

이 책이 나온 지 벌써 이 년이 됐습니다. 첫 책이라 몹시 중요했습니다. 별 탈 없이 잘 만들어져서 사람들에게 읽힐 때까지 저녁을 먹지 못했던 기억이 있습니다. 누군가에게는 별거 아닐 수 있는 이것이 저에겐 너무 오랜 시간의 압축이었어요. 상처였고 희망이었습니다.

좋아하는 작가님께서 출간하시면서 그런 말씀을 하셨습니다. 너무 늦지 않은 나이에 산문집을 하나 갖고 싶었는데 일찍 이룬 것 같다고요. 그때 그 작가님 나이가 서른이 넘었던 거로 기억합니다.

저는 이 책을 이십대에 썼습니다. 가끔 그런 생각을 합니다. 조금 더 연륜이 쌓인 상태에서 썼다면 더 만족하지 않았을까. 첫 책이라 많은 사람이 읽어줬으면 했는데 그런 욕심이 조금 덜 했다면 더 좋은 글을 쓰지 않았을까. 물론 자신이 만든 작품을 많은 사람이 향유해주길 바라는 건 모든 창

작자의 바람이지만요.

그래도 이 책을 쓸 때만큼은 행복했습니다. 이상하게 비밀편지라는 이름으로 저를 감싸면 아이가 된 것 같았어요. 엄마랑 저녁을 먹고 싶고 아빠랑 오락실을 가고 싶어집니다. 누나랑은 별거 아닌 일로 종일 다투다 화해하는 방법을 몰라서 주면을 맴돌고 싶어져요. 나에겐 이곳이 고향입니다.

지난 시간 동안 삶은 비슷한 방향으로 흘러갔습니다. 저역시 그랬고요. 하지 못한 말이 많아서 여전히 글을 쓰고 있습니다. 달라진 게 있다면 이런 바보 같은 마음도 받아들이기로 했다는 거예요. 그리운 게 많은 것도 삶의 많은 모습이 슬프게 보이는 것도 하지 못한 말이 뭉쳐있는 것도 다 나라는 사실을요. 부디 이 책을 읽고 나면 우리가 우리를 조금은 이해하게 됐으면 좋겠습니다. 책을 읽는 가장 큰 이유가 그러하니까요.

프롤로그

　사랑한다고 말해본 적이 언제인가요. 힘들다며 엉엉 울어본 지는 얼마나 되셨나요. 감정이라는 것은 우리가 생각하는 것보다 훨씬 다양한 색을 가지고 있습니다. 많은 사람이 밝은 감정은 표현하기 부끄러워하고 어두운 감정은 마주치기 두려워합니다.

　어릴 때 울지 말라는 말을 들어서였을까요. 기껏 용기 내서 사랑한다고 말했더니 떠나서였을까요. 정확한 이유는 알 수 없지만 저 역시 그랬습니다. 힘들다. 사랑한다. 보고 싶다. 미안하다. 말하기보다는 감정이라는 것을 꾸역꾸역 삼켰던 날이 더 많았습니다. 어두울수록 숨길 수 있는 모든 곳에 숨기고 싶었습니다.

　그러던 어느 날 사랑하는 사람이 제 곁을 떠났습니다. 인사도 제대로 하지 못한 채 떠났습니다. 뱉지 못한 말이 글자로 바뀌었고 매일 가슴에 꽂혔습니다.

　그때부터 감정과 마주치는 삶을 살고 싶었습니다. 후회라는 것이 생각보다 엄청 아프더라고요. 표현하지 못해 이렇게 아플 거라면 용기를 내보고 싶었습니다. 감정은 겉으로 드러나기도 하고 마음속 깊은 곳에 숨기도 합니다. 먼저 말하기 힘들어하지만 누군가 알아주길 바라기도 합니다. 누구에게나 있는 마음속 기억을 비밀편지라고 부르기로 했습니다.

　여러 종류의 비밀편지를 신촌 길거리에 붙이고 다녔습니다. 버스를 잘못 타서 다른 동네에 가보기도 했지만 갔던 곳이 좋더라고요. 가로수, 전봇대, 우체통, 공중전화, 횡단보도, 버스정류장, 쓰레기통. 어디든 붙였습니다. 감정과 마주치길 바라면서요.

　처음 신촌에 글 붙였던 겨울이 생각납니다. 거리에 글을 붙이는 건 꽤 겁이 나더라고요. 제 이야기였으며 글씨를 예쁘게 쓸 줄도 몰랐습니다. 그래도 꾸역꾸역 3년을 붙이고 다녔습니다. 이제는 좀 붙일만 합니다.

처음 글을 붙이고 이 층 냉면집에서 냉면을 먹었습니다. 부끄럽고 혼란스러워도 배는 고프더라고요. 아는 동생과 함께 냉면집 창가에서 글 붙인 곳을 바라봤습니다. 어떤 사람이 멈춰 서서 제 글을 읽더라고요. 그때 성인이 된 이후에 가장 크게 웃지 않았나 싶습니다. 미치기 직전이었어요. 냉면이 따뜻했거든요.

감정을 표현하지 못해 괴로워해봤고, 사람이 넘치는 길거리에 붙여보기도 하면서 느낀 건 한 가지입니다. 감정과 마주치는 것이 그리 두려운 일은 아니라는 겁니다. 조금 두렵더라도 꼭 해야 하는 일이라는 겁니다.

어느 날은 우체통에서, 어느 날은 버스정류장에서, 오늘은 책으로 누군가의 비밀편지를 보냅니다. 편지를 읽듯 이야기를 읽어주세요. 부디 이 책을 다 읽었을 때는 사랑한다 말하고 힘들다고 말할 수 있기를 바라면서…

박근호

차례

1장

보다

마음의 우물

누군가를 만났다가 헤어진 뒤 꽤 오랫동안 연애를 안 하는 사람들이 있다. 못 한다기보다는 안 한다는 표현이 맞다. 부족함이 없어 보이지만, 꽤 오랫동안 연애를 안 하는 사람들. 대개 그런 사람들은 깊이 사랑을 한다.

마음에는 우물이 있다. 사랑을 깊게 하는 사람은 우물 안에 있는 모든 물을 상대방에게 퍼준다. 자신이 가진 물의 양이 얼마인지 계산하지 않는다. 모든 물을 퍼주며 사랑했던 사람과 이별하고 나면 텅 비어버린 우물에 물이 아주 천천히 찬다. 사랑은 한순간에 끝난다는 것과 아무리 물을 퍼줘도 갈증이 해소되면 돌아서는 게 인간이라는 걸 배웠으니까.

혼자 보내는 시간이 많아지면 삶의 질이 높아진다. 연인을 위해 쓰던 돈을 자신을 위해서 쓸 수 있고, 남는 시간에는 취미생활도 할 수 있으며, 그동안 만나지 못했던 사람들을 편히 만날 수도 있다. 현재 삶이 만족스러우니 텅 비어버린 우물에 물은 점점 더 천천히 찬다. 누군가를 만나지 않아도 사는 데 딱히 지장이 없기 때문이다. 거기다 사랑을 깊게 하는 성격 탓에 얼마 차지 않은 물도 쉽사리 누군가에게 건네주고 싶지 않아 한다.

이런 이유들로 오랫동안 연애를 안 하는 사람들을 주변에서 많이 봤다. 사랑은 하고 싶지만 굳이 찾고 싶지는 않은 사람들. 그럴 때는 우물에 물이 충분히 찰 정도로 기다리는 것도 좋다. 내 삶을 즐기며 천천히 차오르던 우물이 찰랑찰랑 넘칠 때. 넘치지 않더라도 충분히 고였을 때 용기 내서 다시 또 사랑했으면 좋겠다. 충만한 물로 서로의 갈증을 원 없이 해소했으면 좋겠다. 그때의 사람은 목이 마르지 않아도 그대 곁에 있기를 바란다.

정류장이 아닌 곳에 서는 버스

예전에는 신촌에 글 붙이러 아무 때나 갔었다. 아침에 일찍
못 일어나는 성격이라 아침에는 가지 못했지만, 한낮에 가기
도 했고 퇴근 시간에 가기도 했다.
가끔은 신촌이 아닌 곳에 붙이기도 했다. 버스를 잘못 타서
강남 고속버스터미널에 붙였던 적도 있다. 간 김에 더 돌아
보자며 지하철역까지 내려가서 글을 붙이기도 했다. 사람이
너무 많아서 금방 작업을 멈췄지만.

무슨 일이든 오래 하면 자신만의 방식이 생긴다. 글을 붙이
는 것도 그랬다. 처음에는 사람들이 보든 말든 붙였다. 어느
순간부터는 글을 붙일 때 쳐다보는 시선이 부끄러워서 점점
사람이 없는 시간에 작업하게 됐다. 그렇게 조금씩 늦어지다

이제는 퇴근하고 밤 열두 시가 넘어야 작업을 시작한다. 쉬는 날이면 일부러 시간을 보내다 열두 시가 넘어서 붙이고는 했다. 몸이 유독 좋지 않았던 어느 날, 열두 시까지 기다릴 힘이 없어서 사람이 많은 저녁 시간에 글을 붙였다. 그 대신 원래 붙이는 곳 말고 산책한다는 생각으로 골목 구석구석을 찾아다녔다. 그렇게 무사히 작업을 마치고 집에 가는 버스에 올랐다. 버스를 타든 걷든 늘 음악을 듣는 편이라 작업할 때부터 버스에 탈 때까지 계속 이어폰으로 음악을 듣고 있었다.

버스 안은 퇴근하고 집에 가는 사람들로 가득했다. 신촌에서 탄 버스가 올림픽대로를 지나야 집에 갈 수 있다. 얼른 집에 가서 쉬고 싶었던 날이라 올림픽대로에 빨리 진입하기를 바라고 있었다.

올림픽대로에 진입하기 전 사람을 태우고 내릴 수 있는 정류장은 모두 지났을 때 한 남자가 일어났다. 무표정으로 터벅터벅 걸어가 기사님에게 말을 건넸다. 차분하게 이야기하는 듯 보였지만 뒷모습은 다급해 보였다. 무슨 일일까 궁금해서 이어폰을 빼고 기사님과 남자를 바라봤다. 하지만 둘은 더 이상 아무런 말을 하지 않았다. 버스는 속도가 조금씩 줄

어들더니 정류장이 아닌 곳에 비상등과 함께 섰다. 기사님은 아무런 말없이 문을 열어주셨다. 남자는 빠른 걸음으로 버스에서 내렸다.

무슨 이야기일까 너무 궁금했지만 알 방법이 없었다. 안 좋은 일이 아니기만을 바라며 다시 음악을 들었다. 버스는 다시 속도를 높였고 올림픽대로 위를 달렸다. 한강을 지나는 버스 안에 있는 사람들을 천천히 바라봤다. 나처럼 음악을 듣는 사람. 꾸벅꾸벅 졸고 있는 사람. 휴대폰으로 무언가를 보고 있는 사람. 무심하게 창밖을 바라보는 사람. 누군가와 전화를 하는 사람. 행동은 다 달랐지만 표정은 비슷했다. 행복해 보이지 않았다. 마치 정류장이 아닌 곳에 버스를 세울 만한 사연을 마음속에 하나씩 품고 살아가는 것처럼.

별들의 도시

흔히 인생영화라는 말을 한다. 나에게는 '라라랜드'가 인생영화다. 많은 사람이 '라라랜드'를 좋아하지만, 내가 '라라랜드'를 인생영화라고 부르게 된 이유는 남들과 조금 다르다. 아름다운 음악과 낭만적인 영상. 마지막에 마음을 때리는 반전 때문만이 아니었다.

재즈를 고집스럽게 사랑하던 세바스찬과 배우지망생 미아는 서로를 사랑하게 된다. 둘 다 사회가 유도하는 삶이 아닌 자신이 좋아하는 삶을 살고 있었다. 두 사람의 사랑도 다툼도 서로 사랑하는 게 명확하다는 것에서 일어난다. 정해진 길을 걷지 않고 길을 개척해나가는 두 사람은 장애물과 마주할 수밖에 없었다. 장애물은 현실이었고 그 현실은 돈이었다.

우연히 미아의 전화를 엿들은 세바스찬은 현실적인 삶을 살기로 결정하고 친구의 밴드로 들어가 상업적인 연주를 시작한다. 미아는 한창 배우의 길을 준비하고 있었고 세바스찬은 상업적인 연주 덕에 삶이 물질적으로 부유해지고 있었다.

영화 중반에 현실과 타협하고 살아가는 세바스찬과 미아가 같이 식사를 하는 장면이 나온다. 이 장면이 '라라랜드'를 인생영화라고 부르게 된 가장 큰 이유다.

세바스찬은 미아를 위해 깜짝 요리를 준비했다. 음식은 예전보다 고급스러워졌고 모습도 말끔해졌다. 둘은 음식을 먹으며 대화를 나눈다. 그러다 감정이 격해져 목소리를 높여 싸운다. 미아는 집을 나가버린다.

단순하고 뻔한 과정이지만 중요한 점이 있다. 둘은 서로의 꿈에 관해 이야기를 나눴다. 술을 몇 모금 마시지 않는데 꿈, 가치관, 미래에 대한 이야기를 나눴다. 물론 다른 연인들처럼 결국 다퉜지만 서로의 생각을 깊게 말했다는 것이 중요하다.

연인 사이에서 가장 필요한 모습이라 생각한다. 서로의

가치관이 달라서 충돌하더라도 자신이 생각하고 있는 걸 깊게 말할 줄 알아야 한다. 다투더라도 뒤를 돌면 아, 그 사람은 그런 생각이었다는 걸 알 수 있다. 서로의 마음을 알아야 한다. 그래야 이해할 수 있고, 양보할 수 있고, 맞춰갈 수 있다.

가정에서 자란 아이는 어른이 되고 다시 한 사람을 만나서 가정을 이룬다. 살면서 겪는 이해관계에서 어쩌면 연인은 가장 큰 영향력을 미칠지 모른다. 연인이 오래 건강하게 사랑하려면 두 가지가 필요하다고 생각한다.

첫 번째는 사랑.

두 번째는 대화.

욕심을 조금 부리자면 그냥 대화보다는 용기 있는 대화.

사랑은 얼마나,

자주 가는 음식점을 누군가에게 추천해줬는데
그 사람이 맛있어하면 기분이 말할 수 없이
좋더라고요. 근데 내 취향도 나라는 사람도
지나온 과거도 불안한 미래도 부스스한 머리카락도
퉁퉁 부은 얼굴도 좋아해주는 게 사랑이잖아요.

사랑은 얼마나 좋을까요.

MAKE YOU
FEEL MY LOVE

가수 아델이 부른 노래 중에 'Make you feel my love'라는 노래가 있다. 원곡은 노벨문학상을 받은 밥 딜런의 노래다. 이 년 전 빼빼로데이가 다가오고 있을 때였다. 나는 어디서 무얼 보거나 듣거나 영감을 받으면 직접 해봐야 한다. 시기가 시기인 만큼 어디서든 빼빼로 이야기뿐이었다. 그때 보면 안 되는 것을 봐버렸다. 귀여운 보노보노 캐릭터 빼빼로를 만드는 방법이었다. 아니나 다를까 그 영상을 보자마자 너무 만들고 싶어졌다.

다음 날, 일을 마치고 바로 홍대로 갔다. 홍대에 빼빼로 만드는 재료를 파는 곳이 있다는 정보를 찾아내서였다. 옛날 방식이지만 보노보노 빼빼로 사진을 들고 그 가게를 찾아

갔다. 여자밖에 없는 가게에 남자 한 명이 들어와서 쭈뼛거리고 있으니 직원분이 친절하게 찾는 것이 있냐고 물어봐주셨다. 사진을 보여주며 재료를 사러 왔다고 말했다. 많이 만드는 거라며 재료를 빠르게 찾아주셨다. 모자란 것보다 남는 게 낫겠다는 생각이 들어 재료를 정말 많이 샀다. 그리고 가게를 나와서 걸으며 들었던 노래가 아델의 'Make you feel my love'다.

오른손엔 묵직한 포만감이 느껴졌고 가을과 겨울의 경계선이었지만 온도도 딱 적당했다. 니트와 셔츠만 입어서 몸이 무겁지도 않았고 발걸음이 빨라도 공기는 약간 차가웠기 때문에 덥지도 춥지도 않았다. 저녁 시간이라 사람이 많았는데 그 틈을 여유롭게 걸었다. 빼빼로를 만들 수 있다는 기대와 가게 문을 닫기 전에 왔다는 성취감 덕분에 무척 기분이 좋았다.

아직도 'Make you feel my love'만 들으면 그때가 생각난다. 계절에 상관없이 시원한 바람이 불어오는 것 같다. 눈앞에 사람들은 북적거리며 걷고 있지만 나는 여유롭게 걷던 그 걸음이 생각나서 배시시 웃게 된다.

　어떤 노래는 특정한 기억을 불러일으킨다. 노래가 좋거
나 그 상황이 유독 좋았다면 기억에 더 오래 남는다.

　the whole world is on your case

　온 세상이 당신에게서 등을 돌릴 때

　i could offer you a warm embrace

　난 당신을 따뜻하게 안아줄게요

　to make you feel my love

　당신이 내 사랑을 느낄 수 있도록[*]

[*] make you feel my love(원곡 밥 딜런, 가사 번역 황석희)

어른,
그 애매한 것

살다 보면 참 애매한 게 많다. 가끔 고향이 어디냐는 질문을 받을 때면 오히려 다시 물어본다. 고향은 어떤 곳을 고향이라고 하는 거죠? 태어난 곳? 가장 오래 머물렀던 곳? 아니면 가장 기억에 많이 남는 곳? 태어난 곳은 서울이었고, 가장 오래 머물렀던 건 김포였으며, 가장 기억에 많이 남는 곳은 강원도다. 어디가 내 고향인지 나도 궁금하다. 고향이 어디냐는 질문에는 항상 쉽게 답하지 못한다.

첫사랑도 그렇다. 첫사랑의 첫은 순서의 의미로 처음일까 아니면 진짜 사랑하게 된 처음을 말하는 것일까. 사전에는 처음으로 느끼거나 맺은 사랑이라고 나온다. 그럼 사랑인줄 알았는데 시간이 지나고 사랑이 아님을 깨달으면 첫사랑이 바뀌는 걸까. 도통 알 수 없다.

작업을 마치고 아끼는 동료와 함께 망원동에서 곱창을 먹었다. 운전을 해야 하는 탓에 소주잔에 물을 따라 마셨다. 술을 마시고 싶은데 마시지 못할 땐 이 방법이 좋다. 가장 중요한 것은 내 잔을 보지 말고 상대가 마시는 잔을 봐야 한다. 그럼 정말 술맛이 난다. 상대방이 취해 있을 때쯤 나도 같이 취하는 기분이 든다. 가볍게 시작한 저녁 자리가 술 때문인지 깊은 대화로 이어졌다.

친구와 나는 취향과 성격뿐만 아니라 많은 부분이 비슷했기 때문에 쉽게 마음을 열었다. 그날도 우린 마음을 조금 더 열어 서로의 아픔을 나눴다. 가장 많이 했던 건 가족 이야기였다. 가족 이야기를 꺼낼 때 행복한 이야기만 할 수 있는 사람이 세상에 몇 명이나 될까. 우린 먹먹한 마음을 껴안고 곱창집을 나와 한강으로 향했다.

행복해 보이는 사람들 사이에 앉아 짧은 대화를 주고받으며 생각에 잠겼다. 첫사랑이나 고향만큼 아니 어쩌면 그보다 더 애매한 것이 어른이 아닐까 한다. 어릴 때는 빨리 어른이 되고 싶었다. 내가 가진 힘은 10이었는데 내가 헤쳐나가야 하는 일은 100이었던 시절. 나머지 90을 채우기 위해 자연스럽게 철이 들 수밖에 없던 시절. 그토록 어른이 되고 싶었다. 어른이 되면 많은 것을 해결할 수 있을 것 같았다.

그렇게 시간이 흘러 서른 살을 코앞에 두고 있다. 어른이 되면 확연히 다른 삶을 살 줄 알았는데 달라진 것은 그다지 없었다. 더 넓은 마음과 더 나은 삶으로 덜 힘들 것 같았지만 종류만 다른 아픔이 느껴질 뿐이다.

어른의 기준은 무엇일까. 어디로든 떠날 수 있으면 어른일까. 허름한 식당에서 간단한 안주에 기억을 잃을 때까지 술을 마시면 어른일까. 아버지를 이해하면 어른일까. 어머니를 용서하면 어른일까. 통장 잔고가 늘어나면 어른일까. 꿈을 품지 않으면 어른일까. 지울 수 없는 기억이 늘어나면 어른일까. 이해되지 않는 것들이 이해되면 어른일까.

한창 이런 생각을 하고 있을 때 엄마와 같이 온 아이가 한강을 보며 이야기한다. "엄마 저 앞에 넓은 바다 좀 봐."

내게도 한강이 바다처럼 보였던 날이 있었을까. 강이 강으로 보이면 어른일까. 어른 그 애매한 것의 기준이 무엇인지 모르겠으나 너만큼은 오랫동안 강이 바다로 남았으면 좋겠다.

함께하고 싶은 날

낮에 동료 작가를 만났다가 저녁이 돼서 집에 들어왔다. 나이가 들면서 점점 쉬는 날의 하루가 비슷해졌다. 글을 본 격적으로 쓰면서 더 비슷해졌다. 별일이 없다면 평소보다 조금 늦은 시간에 일어나서 운동 갔다가 집밥을 든든하게 먹고 자주 글 쓰러 가는 카페로 향한다. 종일 글을 쓰다가 뇌가 휴식을 원할 때쯤 맛있는 저녁을 먹으러 간다. 친구들이나 동료 작가들과 사는 이야기를 나누고 서점에 들르거나 꽃을 사서 집으로 돌아온다. 일할 땐 일만 하고 쉬는 날은 이런 패턴으로 살고 있다.

만약 쉬는 날 만날 사람이 없다면 혼자 모든 것을 한다. 가끔은 독립영화관을 찾아가고, 서점에서 조금 더 진득하게 책을 읽거나 맛있는 커피를 파는 카페를 찾아 나선다.

언제부터 혼자 있는 게 좋아졌을까 고민해봤다. 가장 큰 이유는 만남과 헤어짐을 반복했기 때문이라고 생각한다. 나 아닌 타인과 가까워지기 위한 시작에는 많은 노력이 필요하다. 넉살 좋은 사람들에게는 그다지 어려운 일이 아닐 수 있지만 나에게는 마음을 단단히 먹어야 하는 일이었다. 사랑이든 사회생활이든 새로운 사람과의 시작은 많은 용기가 필요하지만 끝은 허무할 만큼 쉽게 끝난다.

어른이 되는 과정 속에서 어려운 시작과 허무한 헤어짐을 반복하다 보면 혼자 있는 게 편해진다. 나도 그렇게 혼자 있는 게 편해졌다. 불필요한 의견을 주고받을 필요도 없고, 누군가와 다른 취향을 맞추려고 애쓰지 않아도 됐다. 어차피 허무하게 끝낼 사이를 용기를 내어 시작하지 않아도 됐다.

예전에는 사람 많은 곳이 좋았다면 이젠 조용한 곳을 좋아하는 이유도 한몫했다. 가장 조용한 건 혼자 있는 것이니까. 글 쓰는 것. 좋은 음악을 듣는 것. 운동하는 것. 맛있는 커피를 마시는 것. 걷는 것. 생각하는 것. 내가 좋아하는 것들이 너무 많기도 해서 혼자 보내는 시간이 많을수록 할 게 많았다.

　　그런데 가끔, 어떻게 흘러갔는지 기억도 안 날 만큼 정신없는 하루가 끝나고 집으로 가는 길. 자려고 누웠지만 잠이 오지 않는 늦은 시간. "오늘 있잖아…"라는 말로 하루를 나눌 사람이 필요한 순간처럼 어떤 날에는 누군가와 깊이 함께하고 싶다.

되고 싶은 사람

어떤 존재로 옆에 있고 싶냐는 물음에 대답했다.

맛있는 치즈 케이크가 생기면

새벽이라도

한 조각 덜어서 집 앞에 두고 오는 사람이고 싶다고.

만약 네가 아프면 안절부절못하다

온 집 안을 뒤져서라도 한 그릇의 죽을 만들고

그게 식을까 품에 안고 뛰어가는 사람이고 싶다고.

이러는 게 힘들지 않냐 물으면

오랜만에 뛰어서 좋다는

실없는 농담을 하는 사람이고 싶다고 대답했다.

무한도전

몸과 마음이 가난하던 시절 유일한 낙이 있었다. 물건을 사거나 술을 마시거나 음악을 듣는 것보다 훨씬 컸던 즐거움. 무한도전을 보는 일이었다. 티브이를 거의 보지 않는 내가 유일하게 챙겨보던 프로그램. 지금도 연예인 이름을 거의 알지 못하며 챙겨 본 드라마도 거의 없을 정도로 티브이를 보지 않지만 무한도전만큼은 챙겨봤다.

정확히 말하면 일주일이 지난 무한도전을 봤다. 몸과 마음이 가난하면 계속 돈을 벌어야 한다. 거기다 하고 싶은 일까지 있다면 더욱 돈을 벌어야 한다. 아직도 내 삶에 저녁이나 주말은 존재하지 않는다.

예술가가 되고 싶다며 음악을 하던 이십 대 초반. 제발 남들처럼 살았으면 좋겠다는 누나의 부탁에 대학생이 됐던 시절. 생활비를 벌기 위해 저녁에 일을 해야 했고 음악을 하기 위해서는 주말까지 일을 해야 했다. 그때부터 내 삶에서 저녁과 주말은 조금씩 없어지기 시작했다. 안 해본 아르바이트가 없지만 당시에는 피시방 아르바이트를 하고 있었다. 토요일 아침 아홉 시에 출근하면 밤 열 시가 돼서 퇴근했다. 한창 술 마시고 놀 나이지만 배가 너무 고파서 술 생각이 나지 않았다. 써야 하는 가사도 많았고 목이 튼튼한 편이 아니라 술 마시면 음악 하는 데 지장이 너무 컸다.

토요일마다 배가 너무 고파서 퇴근하면 집으로 뛰어갔다. 때로는 간단하게 때로는 풍족하게 집밥을 먹으며 일주일이 지나 무료로 재방송해주던 무한도전을 다시 보는 일이 내 유일한 낙이었다. 음식을 다 차려놓고 따뜻한 밥상에 앉아 첫 숟가락과 무한도전의 시작을 맞추는 일. 밥을 다 먹고 무한도전이 끝나지 않았다는 핑계로 상을 치우지 않던 나태함. 그게 그때 나의 가장 큰 기쁨이었다. 그날 무한도전이 웃기지 않아도 좋았다. 그냥 틀어만 놓고 있어도 마음이 편했다.

예전보단 마음도 몸도 많이 부유해졌지만 여전히 토요

일 저녁에 마음 편히 TV를 보는 삶을 살고 있진 않다. 여전히 힘들고 여전히 아픈 일이 가득하고 여전히 허기가 질 때면 밥을 차리고 무한도전을 틀어놓는다. 그토록 마음이 편해지는 순간이 없다.

마음을 달래주는 건 이토록 사소하다. 꼬깃꼬깃 돈을 모아 첫 차를 샀던 순간보다 행복했다. 아무도 없는 집 안이 유독 싫은 날. 켤 수 있는 불은 모두 환하게 켜고 싶은 날. 여전히 밥을 차리고 무한도전을 튼다. 누군가에게 내 글도 그런 존재이고 싶다.

맞지 않는
신발

　문자 메시지가 왔다. 며칠 전에 샀던 신발이 오늘 배송된다는 문자였다. 택배 문자만큼 설레는 연락도 없을 것이다. 오래 기다리기도 했고 사고 싶었던 신발이라 엄청 기대하고 있었다. 경비실에 택배가 도착했다는 연락을 받았다.

　경비실에서 택배를 찾고는 집에 들어가기 전에 이미 상자를 뜯었다. 방으로 들어와 신발을 신었는데 조금 작았다. 인터넷으로 물건을 사다 보면 흔히 겪는 고충이다. 환불을 할까 교환을 할까 고민했지만 해외배송이라 절차가 까다롭고 오래 걸릴 것 같았다.

　그냥 신기로 했다. 어차피 흰색이면서 걷기 편한 신발이 필요했으니까. 발이 아프지 않게 얇은 양말을 신어보기도 하고, 끈을 느슨하게 묶기도 했다. 어떻게든 계속 신으면 신발이 발에 맞춰 늘어날 거라 생각했다.

어느 날 이 신발을 신고 종일 일했던 적이 있다. 점심이 지날 때쯤엔 발이 찌릿찌릿 저리더니 하루가 끝났을 땐 종아리가 부어 있었다. 점점 그 신발을 신는 시간을 줄였다. 종일 일할 때 신었다가 조금 덜 일하는 날 신는 식으로. 계속 신다 보니까 신발은 어느 정도 늘어났지만 여전히 발은 아팠다. 계속 신다 보면 괜찮아질 거라 생각했지만 신발을 벗었을 때 알 수 있었다. 맞지 않는 신발이 나를 아프게 하고 있었다는 것을. 벗어버리면 발이 무척 편하다는 것을.

사람도 관계도 그랬다. 나만 놓으면 한순간에 끝날 것 같은 관계가 있다. 그 관계 속에서 정이 많거나 태생적으로 착한 사람은 관계의 삐걱거림을 자신의 탓이라고 생각한다. 얇은 양말을 신고, 끈을 느슨하게 묶는 것처럼 혼자 해결하려고 노력한다.

할 수 있는 것을 다 했는데 아픈 관계가 지속된다면 내

탓이 아니다. 용기 내서 관계를 벗어버려야 한다. 세상의 모든 관계는 함께 만들어가는 것이다. 혼자 아파하며 끌고 가는 것이 아니다.

관계를 정리하는 건 어렵지만 막상 떠나보면 생각보다 편하다. 나만 놓으면 끝날 관계를 끌고 가기에는 우리의 삶이 너무 소중하지 않은가.

사랑하기 좋을 때

사랑도 하기 좋을 때가 있다. 물론 아주 뜨거운 여름보다는 살랑살랑 바람 부는 봄이 좋겠지만, 봄이 아니더라도 뜨거운 여름에 뜨겁게 시작하는 게 사랑이지만, 시간의 개념 말고 사랑하기 좋은 마음이 있다.

그 사람을 가지고 싶을 때 사랑하면 안 된다. 가지고 싶은 마음이 든다면 그 사람을 소유하고 싶어진다. 소유하고 싶어지면 사랑이 이뤄졌을 때 원하던 것이 해소됐으니까 금방 싫증이 난다.

하지만 그 사람을 사랑하고 싶을 때 함께한다면 영원히 행복할 수 있다. 사랑에는 끝이 없으니.

37.5도의
마음

출판사와 처음 미팅이 있는 날이었다. 누군가를 처음 만난다는 것은 항상 떨린다. 합정에서 만나 커피를 마시며 이런저런 이야기를 나눴다. 꽤 깊이 있는 대화를 나누고 집으로 돌아가는 길에 '내가 너무 서슴없이 내 이야기를 했나?'라는 생각을 했다. 처음 만나는 날부터 너무 깊은 이야기까지 꺼낸 것만 같았다. 굳이 하지 않았어도 되는 이야기까지 뱉어버린 것만 같았다.

생각해보면 그런 사람이 있다. 처음 보거나 많은 이야기를 나누지 않았는데도 속마음을 다 말하게 되는 사람들. 먼지 덮인 졸업 앨범부터 코 흘리던 이야기들까지. 또는 숨겨왔던 약 봉투조차도 보여주고 싶은 사람.

반면에 오랜 시간 함께해도 그런 감정을 나누기 힘든 사람이 있다. 예전에 한 친구와 이 년 정도 가까이 지냈는데 항상 툭 터놓고 말하기가 어려웠다. 시간이 지나면 편해질 거라 생각했는데 시간이 지나도 편해지지 않았다.

내 용기가 부족해서 그런 거란 생각 때문에 가끔 나를 원망하기도 했었다. 하지만 시간이 지나고 한발 뒤로 물러나서 생각해보니 내 용기가 부족해서 그랬던 것만은 아니었다. 오랜만에 만난 친구 앞에서 혹은 오늘처럼 일 때문에 만난 사람들 앞에서도 내 이야기를 쏟아냈던 날이 있었으니까.

따뜻한 커피를 절반도 마시지 않았는데 오늘의 대화는 깊어져 있었다. 우연히 알게 된 사람과 마주 앉아서 처음 이야기를 나눴던 적이 있다. 반층 내려가야 하는 카페까지 도착하는 길과 도착해서 이야기를 나누고 다시 집으로 돌아가는 길까지 모든 순간이 깊은 대화로 가득 찼었다. 두 번 만난 사람과 삼겹살에 술 먹던 날, 숨겨둔 이야기를 속을 게워내듯 말한 적도 있었다.

사람이 가진 온도의 차이 때문이라고 생각한다. 얼마나

대화를 중요하게 생각하고 살아왔는지. 얼마나 나보다는 우리를 위해 살아왔는지가 사람의 온도를 결정했고 그 온도는 상대방에게 고스란히 전해진다. 체온계가 눈앞에 있어서 내가 가진 마음의 온도는 37.5도입니다. 보통 사람보다 조금 더 따뜻하다고 알려주지 않아도 됐다.

말하는 은연중에, 눈빛에, 귀에, 손에, 모든 곳에 온도는 묻어난다. 그런 사람과 마주 앉아 이야기하다 보면 괜스레 마음이 따뜻해진다. 모든 감정을 함께 여행하고 싶어진다.

이제는 37.5도의 마음을 가진 사람이 되고 싶고 그런 사람과 함께하고 싶다.

근사해질
나에게

태어나서 지금까지 몇 개의 목표가 있었다. 어릴 때는 시인이 되는 것이었고 중고등학생 때는 복싱 선수가 되는 것이었고 고등학교 때부터 이십 대 초반까진 이종격투기 선수가 되는 것이었다가 이십 대 중반까지는 음악을 하는 게 꿈이었다.

사연 많고 꿈 많던 삶을 한 줄로 요약하자면 모두 실패했다. 원하던 타이틀을 갖지 못했고, 원하던 무대에 서지 못했다. 실패와 성공으로 나눠 말하자면 완벽히 실패했다.

복싱 선수가 되고 싶던 중학생 시절 인터넷에서 찾고 또 찾아서 왕복 네 시간 거리의 체육관에 등록했다. 나보다 훨씬 힘세고 오래 운동했던 형들에게 많이 맞으면서 운동을 배우고, 운동이 끝나면 굶주린 배를 달래며 버스에 올랐다.

가끔 같이 운동하는 직업군인 형이 바나나우유를 사주 곤 했는데 그게 그렇게 맛있을 수가 없었다. 지금 연락이 닿 는다면 바나나우유 100박스로 돌려드리고 싶을 정도다.

그때는 운동이 좋았다. 한창 방황하던 시기에 정신을 차 릴 수도 있었고, 작은 링 위에서 누가 더 강하게 훈련했는 지, 누가 더 집념이 강한지, 누가 더 열심히 살았는지 겨뤄 보는 것도 좋았다. 복싱을 그만뒀던 건 딱 하나의 이유였다. 비주류였던 스포츠라 관원이 많지 않아서였다.

어느 날 체육관에 도착했는데 분위기가 심상치 않았다. 불이 꺼진 체육관과 전화를 받지 않는 관장님을 보면서 어리 지만 짐작할 수 있었다. 육 개월 정도 지났을 때 관장님을 동 네에서 우연히 마주쳤다. 그때 짐작했던 이유를 직접 들을 수 있었다. 관원이 없어서 문을 닫으셨다고 말씀해주셨다.

그렇게 복싱을 그만두고 몇 개월 쉬다가 우연히 접하게 된 이종격투기도 같은 과정으로 그만뒀다. 사람이 없어서 체 육관은 망했고, 아마추어 선수 등록까지 하고 프로필도 올렸지만 대회를 주최하던 에이전시 자체가 문을 닫으면서 나갈 수 있는 대회조차 없었다. 가르쳐줄 코치님도 떠나셨다.

음악도 비슷한 이유로 그만뒀다. 육 년 가까이 하면서 뚜렷한 성과를 내지 못했다. 특히 태생적으로 음악 하기에 좋지 못한 신체 때문에 많이 고생하기도 했다. 약한 성대 때문에 성대 수술도 했고 성대를 치료하기 위해 병원비도 엄청 썼다. 혀가 짧아서 발음이 좋지 않다는 것을 알게 됐을 땐 발음을 위해서 혀 밑에 있는 설소대 제거 수술을 받기도 했다.

그렇게 노력했어도 아무런 노래 하나 낼 수 없었다. 좋은 기회가 올 때마다 몸이 말썽이었고, 몸이 멀쩡할 땐 마음이 말썽이었다. 이상과 현실을 조율하기도 힘들었다. 그렇게 음악도 포기했다.

꿈을 이루지 못했을 때 절망스러웠다. 몇 줄의 글로 요약해서 짧아 보이는 저 길었던 시간들. 흘렸던 땀들. 방에 박혀서 내 마음을 들여다보던 날들. 그 모든 것을 이루지 못했을 때 마치 내 삶 자체가 실패한 것 같았다. 근데 살다 보니 그게 아니더라. 꿈은 꼭 이뤄야만 행복한 것이 아니었다. 꿈을 이루지 못했더라도 열심히만 한다면 과정에서 우리는 많은 것을 배운다. 그 배움 하나하나가 모여 새로운 나를 만든다.

　　운동했을 때 길러진 체력으로 지금은 누구보다 끈질기게 글을 쓴다. 음악 하면서 배우고 느꼈던 것 덕분에 조금 더 다양한 접근을 할 수 있다. 꿈을 이루는 과정에서 새로운 내가 만들어진 것이다. 열심히 산다면, 정말 열심히 살고, 정말 열심히 꿈꾼다면, 혹여나 이루지 못하더라도 괜찮다. 어느 날 예상하지 못한 근사한 곳에 새로운 내가 서 있을 것이다.

맞닿은 곳

　내가 선택했던 삶은 내 자신을 들여다봐야만 했다. 음악 할 때도 그랬고 글 쓸 때도 항상 나를 깊게 들여다보는 과정이 제일 중요했다. 덕분에 나는 나를 많이 이해하게 됐다. 솔직한 편이라 어디서든 내 장단점을 이야기할 수 있다.

　단점 하나를 이야기하자면 정리나 청소를 잘 못하는 편이다. 나에게 제일 신기한 사람은 그날그날 정리를 하고 그날그날 청소를 하는 사람이다. 내게 청소와 정리는 늘 몰아서 하는 일이다. 날을 잡아야만 할 수 있다. 오늘 꼭 치워야지. 오늘은 꼭 정리해야지. 며칠 전부터 다짐을 해도 지키지 못하는 경우가 많았다.

　그 대신 요리하는 것은 무척 좋아한다. 특히 나를 위해서 하는 요리보다 사랑하는 사람을 위해서 요리하는 걸 좋아한다. 맛있는 음식을 만들어서 함께 나눠 먹는 것. 맛있는 음식을 먹으면서 행복해하는 표정을 보는 것. 그 기쁨은 이루 말할 수 없다. 물론 가족들은 내가 요리를 하면 주방이 난리가 난다면서 괜찮다고 말하지만 내가 사랑하는 사람들이 허기진다는 말을 하면 새벽 두 시에도 일어나서 요리해줄 의향이 있다. 이루어질지 모르겠지만 나중에 내가 결혼이라는 걸 하게 된다면 아내에게 아침과 야식은 꼭 차려주고 싶은 소망도 있다. 아내에게 해주던 요리 레시피를 모아서 책으로 내고 많은 남자의 공공의 적이 되고 싶기도 하다.

행복을 나눈다는 개념으로 하는 요리의 정점은 설거지다. 요리를 해주면 오랜 친구들이 아니고서 대부분 설거지를 해주려고 한다. 맛있는 음식을 얻어먹었으니 자신도 무언가를 하고 싶어 한다. 하지만 요리를 한 내가 직접 설거지까지 해야 마침표를 찍을 수 있다. 일할 때도 그랬고 요리를 할 때도 설거지를 자주 해야 하니까 고무장갑을 끼는 일은 꽤 익숙했다.

고무장갑은 생각보다 잘 찢어진다. 신기하게도 왼손과 오른손 중에 언제나 오른손이 먼저 찢어졌다. 다섯 개 손가락 중에서도 엄지 쪽이 먼저 찢어진다. 왜 그럴까 한참을 생각해본 적이 있다. 설거지하는 내 손 모양을 가만히 보기도 했다. 내가 짐작한 이유는 그렇다. 오른손잡이기 때문에 오른손 엄지가 무의식적으로 접시나 날카로운 것과 더 많이 닿아서 제일 먼저 찢어진다고 생각한다.

예전에 식탁 위에 올려져 있던 사과도 그랬다. 누가 두었는지는 모르겠는데 식탁 위에 사과가 올려져 있었다. 빨갛게 잘 익은 사과를 먹기 위해서 들었는데 사과가 썩어 있었다. 내가 보는 시선에서는 썩은 곳은 하나도 없었다. 썩은 곳은 벌레가 먹은 곳도 아니었다. 식탁과 맞닿아 있는 사과 밑부분이었다.

우리 삶에도 문제는 가깝게 맞닿은 사람들 사이에서 먼저 일어난다. 가족, 친구, 사랑하는 연인관계처럼 마음과 마음이 가깝게 맞닿아 있는 사이에서 말이다. 사과와 식탁처럼 오른손잡이의 고무장갑처럼 가깝게 붙어 있거나 자주 마주치는 사이일수록 더욱더 조심해야 한다. 요리를 해주고 음식을 나눠 먹던 사람들과의 관계가 순식간에 찢어질지도, 어느 순간 곪아 있을지도 모른다.

외로운 사람들

새벽에 신촌으로 작업하러 가면 피곤하다는 것과 다음 날 늦잠을 잔다는 것 말고는 좋은 게 참 많다. 시끄럽고 사람 많고 빠르게만 흘러가던 도시가 차분해지면 드러나는 것들을 볼 수 있다. 내가 작업을 하는 모습도 그중에 하나일 테다. 가장 크게 드러나는 사람들의 외로움도 볼 수 있다.

가끔 택시를 타야 할 때가 있다. 새벽은 택시를 탄 나도 운전을 하는 기사님도 모두가 피곤한 시간이다. 적막한 공기의 흐름 속에 피곤함까지 묻어나 택시 안은 꽤 차분할 때가 많다. 어느 날 택시에서 좋아하는 재즈 가수의 노래가 나왔다. 심지어 다음 곡도 같은 가수의 노래였다. CD로 음악을 듣고 계셨던 것 같았다. 대부분 가게가 불을 끈 시간에 우연히 듣는 반가운 목소리. CD로 음악을 듣는 낭만에 입을 열 수밖에 없었다.

"노라 존스 노래 좋아하시나 보네요."

짧은 말을 시작으로 기사님과 나는 택시에서 내리기 전까지 재즈 이야기부터 내가 하는 일까지 많은 이야기를 나눴다. 목적지에 가까워졌을 땐 신호에 걸리기를 바라기도 했다. 조금 더 대화를 나누고 싶었다. 아니 조금 더 누군가 내 옆에 있어주길 바랐다. 그렇게 알 수 없는 포만감을 얻고 택시에서 내렸다. 그리고는 말 한마디 없이 작업을 시작해 새벽 네 시쯤 적막한 집에서 쓸쓸히 잠자리에 들었다.

포장마차를 갈 때도 비슷한 일을 겪는다. 새벽에 먹을 수 있는 음식은 꽤 한정적이다. 서울이기 때문에 선택의 폭이 내가 사는 촌 동네보다 훨씬 넓긴 하지만 혼자, 새벽, 이 두 가지가 겹치면 선택할 수 있는 음식은 많이 줄어든다. 평소에 떡볶이를 좋아하기도 하고 가볍게 먹을 수 있어서 작업하다가 허기가 지면 늘 가는 포장마차로 간다. 포장마차 특성상

매일같이 열지는 않는다. 나도 작업을 매일 하진 않으니 한 곳만 가더라도 아주머니와 나는 익숙한 낯선 사이다. 심지어 나는 아주머니 한 명만을 기억하지만 아주머니는 많은 사람을 마주치신다. 매번 자주 본 것 같다는 표정이지만 딱히 거기에 대해서 말을 하시진 않는다.

평소에는 별다른 말을 주고받지 않는데 가끔 아주머니가 말을 거실 때가 있다. 그럴 때 보면 유독 튀김이랑 떡볶이가 많이 쌓여 있다. 방금 만든 것이 아니라 약간의 눅눅함이 배어 있다. 그날은 손님 발길이 더뎠던 모양이다. 그런 날에는 많은 이야기를 하신다. 며칠 전에 여기서 사고가 났다는 이야기. 맛있게 먹는다는 이야기. 애인은 있냐는 질문. 예측할 수 없을 만큼 다양한 이야기들이 나온다.

단순히 같은 공간에 있거나 손님과 주인 사이기 때문에 나누는 말 이상의 것이 나오는 순간들. 외로움이 드러나는 순간들. 나도 어떤 날은 돌아가는 친구의 뒷모습에다가도 농담한 적이 있다. 친구는 다시 뒤를 돌아 가볍게 웃고 돌아갔지만 마음은 아직 더 이야기하고 싶었다.

어쩌면 기사님도 내가 먼저 침묵을 깨주길 원하셨는지 모른다. 떡볶이집 아주머니도 대화를 나눌 누군가 와주길 바라고 계셨는지도 모른다. 나도 좋아하는 가수 이름을 핑계로 대화를 나누고 싶었던 건지도 모른다. 툭 건드리면 이야기가 쏟아질 만큼 사람들은 모두 외롭다. 가끔은 그 외로움을 없애줄 누군가가 먼저 말을 걸어주길 바라며 살아간다.

당신은 어떤 사람인가요.

하나를 주고

두 개를 더 주지 못해 아쉬워하는 사이로 지내세요.

시간이 지나면 어느 순간

여전히 고마워하거나

이제는 당연해할 겁니다.

그럼 그때

그 사람이 어떤 사람인지 알 수 있었습니다.

괜찮은 사람의
괜찮은 삶

몇 가지 검사를 받으려고 병원에 입원한 적이 있다. 내 앞에 한 외국인 사내가 급히 실려 오다시피 입원했다. 손에 붕대를 감고 있었다. 단번에 알았다. 위험한 일을 하다 손이 잘렸다는 것을. 급하게 응급실에서 치료를 마치고 수술을 위해서 입원했다는 것을. 그의 주변엔 동료도, 친구도, 가족도 아무도 없었다.

간호사는 난감해했다. 외국인 사내는 한국말을 거의 알아듣지 못했고, 말하지 못했다. 병실에 있는 모든 환자가 그 사내에게 집중하지 않는 척 집중했다. 간호사는 내게 물었던 것처럼 키와 몸무게, 다른 아픈 곳이 있는지 약물에 대한 알레르기가 있는지 등을 물었다. 사내는 잘 알아듣지 못한다는 표정을 계속 지었고 간호사는 계속 물었다. 둘은 그렇게 힘겹게 대화를 마쳤다. 곧 의사 선생님이 올라와 짧고 굵은 단어와 몸짓으로 상황을 설명했다. 그쯤 나는 약에 취해 잠들었다.

얼마나 지났을까. 알 수 없는 소란스러움에 잠에서 깼다. 눈을 뜨자마자 바로 앞에 있는 사내를 바라봤다. 링거를 맞고 있는 사내의 상태가 심상치 않았다. 선명하지 않은 눈에도 심각성은 뚜렷하게 보였다. 초점을 잃고 있었으며 몸이 비정상적으로 차분해지고 있었다. 땀을 흘리기도 했다. 간호사 한 명이 상태를 살피다 급하게 뛰쳐나갔다. 수간호사가 들어와서 상태를 확인하고는 그 사내의 이름을 부르기 시작했다. 속이 안 좋아요? 어지러워요? 잠들면 안 돼요. 같은 말을 뱉었다. 중간에 말을 놓으며 간호사와 환자가 아닌 마치 엄마와 아들처럼 그 사람을 걱정하기도 했다.

사내는 점점 심각해져갔다. 간호사가 가져온 검은 통에 속을 게워내기도 했고 이제는 몸이 떨리기도 했으며 마치 몸은 죽으려 하고 정신을 살려고 싸우듯 땀을 흘리고 있었다.

병실에 있는 모든 사람이 조용히 숨죽여 사내만을 바라볼 때 의사가 도착했다. 약간 높은 굽을 신고 있던 의사는 엘리베이터 기다릴 시간도 없다는 듯 계단으로 뛰어온 것처럼 보였다. 숨을 고르지도 못한 채 상태를 살피더니 알 수 없는 의학 용어를 쏟아냈다. 그리고는 몇 개의 기계가 사내의 몸에 연결됐다. 몇 개의 바늘도 연결됐다.

그렇게 한 시간 정도의 사투가 끝나자 사내는 안정을 찾기 시작했고, 의사도 그제야 숨을 돌렸다. 몇 시간이 지나고 아팠던 사내도, 긴장했던 의사와 간호사도, 숨죽여 보던 환자들도 모두 평온해진 오후가 찾아왔다. 사내는 누군가와 전화를 했다. 표정이 밝아 보이는 게 가족인 것 같았다.

말의 속도가 빨라지는 거로 봐서는 상황을 설명해주고 있는 것 같았다. 낯선 곳에서의 큰 아픔과 말이 통하지 않았던 답답함을 해소하듯 억양이 높아지기도 했다. 그 대화에서 마음이 찢어질듯 아팠던 순간이 있었다. 하나도 알아들을 수 없는 낯선 언어들 가운데 잠깐, 정말 아주 잠깐 멈췄다가 뱉은 말이 있었다. 그 말은 괜찮다는 말 같았다.

전화기 너머로 들려오는 가족들의 걱정에 괜찮다고 대답하는 것 같았다. 알아들을 수 없는 말은 분명 괜찮다는 말 같았다. 나는 똑똑히 보았다. 사내가 죽을 뻔했던 모습을. 나도 환자였지만 내 고통이 느껴지지 않을 만큼 그가 괴로워하는 것을 지켜보았다. 평생 자신이 어떤 약물에 알레르기가 있는지 알지 못하고 살았을 삶. 낯선 곳에서 손가락이 절단된 채 홀로 쓸쓸히 치료를 받아야 하는 삶. 사경을 헤맬 때 잠들지 못했던 이유가 어쩌면 전화기 너머의 사람들이 아닐까 싶었다.

외국인 사내의 이름이 기억나질 않는다. 두 글자였던 것 같지만 나는 그에게 새로운 이름을 짓는다. 그를 괜찮은 사람이라고 부르기로 했다. 괜찮다는 말을 뱉는 사람. 몹시 아팠지만 결국 괜찮아질 사람. 지갑은 낡았을지라도 한없이 괜찮은 사람.

살다 보면 사랑하는 사람들에게 거짓말을 해야 한다. 괜찮지 않아도 아무런 망설임 없이 괜찮다고 말해야 할 때가 있다. 밤마다 잠 못 들 만큼 힘들어도 괜찮다는 말이 나올 때가 있다. 그 말을 뱉은 모든 이들이 자신이 뱉은 말처럼 괜찮아졌으면 한다. 사내는 지금 가족과 괜찮은 삶을 보내고 있을까.

늘 해야 하는 것

나는 항상 꿈을 꾸고 꿈에 관해 이야기한다. 원하던 목표를 이뤄갈 때쯤 다른 목표를 정한다. 여행지에서 한 곳의 여행이 끝나갈 때쯤 다음 목적지를 정하는 것과 비슷하다. 낯선 이와 마주 보게 된다면. 혹시나 기회가 주어져 커피라도 마신다면. 운이 좋아 술이라도 섞을 수 있다면 낯선 이의 이름과 나이보다 그 사람의 꿈이 더 궁금하다.

정확히 표현하면 꿈이라기보다 나중에 무얼 하고 싶은지가 궁금하다. 추상적인 대답을 하는 사람도 있고 정확한 대답을 하는 사람도 있고 대답하지 못하는 사람도 있다. 행복해지고 싶어요. 공무원이 되고 싶어요. 안정적으로 살고 싶어요. 모르겠어요.

정말 궁금했다. 사람들은 어떤 꿈을 꾸고 살아가는지. 예전에 운 좋게 학원에서 아르바이트를 한 적이 있다. 쉬는 시간에 아이들과 스치거나 장난을 치는 상황에서도 뜬금없이 묻고는 했다.

"나중에 뭐 하고 싶니?"

아이들은 몸이 굳거나, 빠르게 대답하거나, 부끄러워했다. 그래도 항상 물었다. 잠시라도 미래를 생각하는 일은 모두에게 필요하니까.

꿈 하나가 이뤄질 때쯤 다른 꿈을 또 꾸며 낯선 이든 알고 지내던 사람이든 무얼 하며 살고 싶냐고 묻는 이유는 정말 중요해서다. 꿈을 꾸는 것과 꿈을 갖는 것. 꿈을 찾는 것. 모든 과정과 결과는 한없이 중요하다. 어쩌면 삶의 이유일지도 모른다. 그런데 꿈을 가진 사람보다 그렇지 못한 사람이 더 많다. 하고 싶은 일이 있다는 것 자체가 축복이라고 생각했던 이유가 그 때문이다.

무얼 하고 싶은지 모르겠다는 사람에게는 단기적인 꿈을 추천한다. 일주일 동안 하고 싶은 것. 한 달 동안 하고 싶은 것. 일 년 동안 하고 싶은 것. 점점 범위를 넓혀가야 한다. 하고 싶은 것이 꼭 직업이나 큰돈을 모으기 같은 것만 해당하는 건 아니다. 가고 싶었던 곳으로 떠나는 것. 배우고 싶었던 걸 배우는 것. 모든 게 다 해당된다.

꿈이 있든 없든 늘 해야 하는 것이 있다. 계속 그려야 한다. 원하는 삶을 그리는 희망은 잉크가 금방 마르거나, 색이 연하기 쉽다. 그렇기 때문에 계속 그리지 않으면 순식간에 지워진다. 삶이 따분하고 지루하고 도망가고 싶어도 생각만 하면 조금은 더 버틸 수 있게 해주는 것. 꿈이든, 희망이든, 나중에 되고 싶은 것이든 어떤 형태로 불러도 좋다. 다만, 그것은 늘 해야 한다.

여행 가기로 했다면 그날이 빨리 오길 기다려지면서 삶이 조금 재밌어진다. 심지어 작은 택배를 기다리는 것도 설레고 즐겁다. 삶은 지루하고 아프다. 기다려지는 것이 있어야 살만하다. 기다리는 것이 여행 가는 것보다 훨씬 더 길고 작은 상자보다 훨씬 크다면 흠뻑 설레지 않은가. 늘 꿈을 꾸어야 하는 이유다.

이상형

취향이 있는 사람이 좋다.

취향이 달라도 이야기를 나눌 수 있는 사람이 좋다.

시끄러운 곳보다는 조용한 곳을 좋아하는 사람.

도시가 내려다보이는 곳에서의 식사는 하루면 충분하다는 사람.

자주 가는 허름한 식당이 있는 사람.

서점에서 책 고르는 일을 즐거워하는 사람.

예쁘다는 말보다는 아름답다는 말이 어울리는 사람.

멋진 사람이라는 말이 자연스럽게 나오는 사람.

부유하고 인기 많은 사람을 봐도 별 부러움을 느끼지 않는 사람.

내가 가진 것들이 하루아침에 사라져도 곁에 있어줄 사람.

음식은 못해도 내가 요리할 땐 해맑게 웃어주는 사람.

자신을 이해하고 있는 사람.

재능 있는 이의 저주를 이해해줄 사람.

이 모든 게 하나도 없더라도 계속 생각나는 사람.

행복해지는
법

    한창 불행한 일상을 보내고 있었다. 행복이 무엇인지, 불행이 무엇인지 나누는 기준은 저마다 다르다. 누군가는 내 삶을 행복하다고 볼 수 있겠지만 나는 불행했다. 불행하다는 것. 힘들다는 것. 우울하다는 것은 딱히 정확한 이유를 찾을 수 없다. 그래서 더 힘들다. 이유라도 알면 치료를 할 수 있을 텐데, 어디가 아픈지 몰라 병명을 붙일 수 없는 그런 것. 그래도 나는 나를 치유하고 싶었다. 내가 불행한 이유에 대해서 깊이 파고들기로 했다.

    과도한 업무로 몸이 무척 지쳐 있었다. 꾸준하게 운동을 하지 않았다면 병원에 실려 갔어도 이상하지 않을 환경이었다. 불안했다. 내가 가진 얼마 안 되는 것들이 순식간에 무너질까 두렵기도 했고 중간중간 더 잘해야 한다는 압박감이 심하게 들기도 했다. 다시 아픈 사람이 되고 있었다. 내 마음을 들여다보는 것. 아팠던 기억과 지우고 싶은 순간을 꺼내 글로 풀어내는 건 익숙해졌어도 마음속에 깊게 들어갔다 나오면 휴식이 필요하다. 깊은 바다로 잠수하는 것과 비슷하다고 생각한다. 깊이 들어갈수록, 낡아진 아픔과 빛이 바랜 행복을 들고 수면 위로 올라와 글을 적을수록 잠시 쉬어야 한다.

무리한 일정 탓에 계속 물에 빠지고만 있었다. 숨이 헐떡거리고 있었지만 갖은 이유를 붙이며 다시 물속으로 뛰어든 것이다.

생각보다 간단하지 않았다. 단순히 우울했다면 슬픈 노래를 들었을 테지만 문제가 깊었다. 노트북을 바로 덮었다. 하던 일을 모두 멈췄다. 마음이 지치고 있다는 건 티가 나지 않을 때가 많다. 적당히 열심히 살았다 싶으면 자신이 좋아하는 것들로 위로해줘야 한다. 저녁에 친구들을 만나 술을 마시고 다음 날 늦게까지 잠을 잤다. 나태하게 종일 누워 있다가 쿵쾅거리는 음악을 들으며 운동을 하고 다시 낮잠을 잤다. 저녁쯤 일어나 개운하게 샤워를 하고 오랜만에 요리를 했다. 혼자 먹었지만 맛있는 저녁을 챙겨 먹고 좋아하는 카페로 가서 느긋하게 책을 읽었다. 다음 날에는 동료들을 만났다. 항상 만나면 모두 노트북을 들고 왔었다. 그날은 최대한 가벼운 차림새로 만났다. 그냥 걸었고, 수다를 떨었고, 마시고, 나누고, 장난을 치다가 같이 잠들었다.

며칠 쉬었다가 다시 일을 시작했지만 그전과 달랐다. 세상이 조금 깨끗하게 보였다. 불행하다는 것에서 조금 벗어난 느낌이었다. 그때 좀 알 것 같았다. 행복해지는 방법을. 내가 좋아하는 것을 하거나 좋아하는 사람들을 만날 땐 내 시선 그대로 살았다.

가질 수 없는 것을 보느라 고개를 너무 들지 않고
지나간 것을 놓지 못해 고개를 너무 내리지도 않고
시선 그대로 사는 것.
내 시선에 머무는 것을 더욱 자세히 사랑하는 것.
행복해지는 좋은 방법이 아닐까 한다.

당신과 나의
계절

당신은 시간이 많이 필요한 사람이었다.
나를 만나기 위해 준비할 때도
무언가를 시작할 때도
누군가를 용서할 때도.

나는 시간이 많이 필요하지 않았다.
당신을 만나러 가는 날도
어떤 곳을 갈 때도
심지어 하루 만에 용서하기도 했다.

당신 세상은 일 초가 한참 느리게 흘렀고
내 세상은 일 초가 한참 빠르게 흘렀다.

그래서 우린 늦은 열한 시에 사랑을 시작했는데
서로 다른 시간에 살게 된 것이다.
내가 한낮이었을 땐 당신은 새벽이었고
내가 외로울 땐 당신은 낮잠을 자고 있었던 것이다.

그렇게 시간은 서로 다르게 흘러갔고
그렇게 서로 다른 시간에 살게 됐고
그렇게 확연히 다른 계절에 살게 된 것이다.
그렇게 이별한 것이다.

지금 당신이 몇 시 몇 분에 살고 있는지
어느 계절에 살고 있는지 알 수 없는 탓에
따뜻한 손난로를 들고 가야 하는지
우산을 들고 가야 하는지 모르는 탓에
다시 시작하지 못하는 것이다.

쓰린 속에
커피를 마신다

커피를 좋아하는 편이고 커피 관련된 일도 하기 때문에 자주 마신다. 일 때문이든 먹고 싶어서든 자주 먹다 보면 속이 쓰린 게 일상이 된다.

커피를 마셔도 잠을 잘 잤는데 어느 순간 체질이 변해서 그런지 늦은 시간에 커피를 마시면 쉽게 잠들지 못한다. 밤새워 뒤척인 날이나 유독 속이 아플 때면 커피를 줄이겠다는 다짐을 몇 번씩 했다. 하지만 아침에 커피를 만들기 위해 이것저것 조율할 때마다 무너졌다. 빈속에 맡는 커피 향은 평소에 느낄 수 없던 향까지 느껴졌다. 원두를 갈았고 먹던 대로 내렸다. 여전히 맛있었지만 속이 쓰렸고, 다시 밤새워 뒤척였다.

떠날 것 같지 않던 사람이 나를 떠나갔을 때 다신 사랑하지 않겠다고 다짐했었다. 차라리 떠나지 않을 것을 사랑하겠다고 다짐하고는 예술과 커피를 더 깊게 사랑했었다.

커피를 줄이겠다던 며칠의 다짐이 아침에 맡은 향 앞에서 무너졌던 것처럼 아주 아름다운 사람 앞에서 속수무책으로 무너졌었다. 습관처럼 원두를 갈듯 꽃을 샀다. 먹던 대로 커피를 내리듯 편지를 썼다. 다시 속이 쓰릴지도 밤새워 뒤척일지도 모른다. 어쩌면 약을 먹어야 할지도 아침까지 잠들지 못할 수도 있다.

하지만 향기가 너무 좋아 마실 수밖에 없다. 먹지 않겠다던 커피를 다시 내린다. 하지 않겠다던 사랑을 다시 시작한다.

나는 누나와 각별한 사이다. 남매든 자매든 형제든 사이좋은 사람들이 있고 그렇지 않은 사람들이 있지만 우린 확실히 좋은 사이다. 워낙 독립적으로 살아서 마마보이 파파보이 정도로 누나와 사이가 좋은 건 아니지만 서로가 서로를 위한다.

예전에는 정말 많이 싸웠다. 부모님이 너네처럼 싸우는 사람들은 없을 거라고 제발 좀 그만 싸우라고 할 정도로 싸웠다. 어릴 때를 회상해보면 싸웠던 기억이 많이 나긴 한다. 참 이상한 게 집안이 행복할 때는 누나와 엄청 싸웠는데, 책 한 권으로 다 담을 수 없을 만큼 삶이 힘들어졌을 땐 거의 다투지 않았다. 마치 하나밖에 없는 동료 같았다. 나와 같은 아픔을 겪는 세상에 유일한 사람. 누나와 그렇게 각별해졌다.

사람이 밑바닥까지 내려갔다가 오거나 너무 많은 걸 경험하면 시야가 넓어진다. 보이지 않는 것까지 볼 수 있게 되고 남들은 읽지 못하는 것을 읽을 수 있게 된다. 누나와 나는 그랬다. 그래서 누나와 나는 서로의 눈에 보이는 것 이상을 느낀다. 우린 서로 힘들다는 말을 잘 하지 못하는 편이다. 몇 번 쓰던 책을 다 갈아엎었던 적이 있다. 한 번이었으면 좋으련만 여러 번 갈아엎었다. 심지어 삼 개월 동안 목차도 정하지 못했었다. 글만 쓰면 좋으련만 먹고 살아야 해서 정말 바쁘게 일하던 때 집에 안 좋은 일도 생겼다.

가장 힘들었던 건 도저히 이뤄지지 않는 타협이었다. 살면서 사람이 이것저것 경험하면 관대해지기 마련이다. 다른 것에는 많이 관대해졌는데 이상하게 나한테 만큼은 너무 엄격했다. 특히 그 분야가 내가 사랑하는 예술, 글, 음악 이쪽으로 초점이 맞춰진다면 엄격해도 너무 엄격했다. 내가 나 자신과 타협하지 못하는 게 너무 힘들었다.

아무한테 말도 못 하고 묵묵히 할 일만 하고 있던 어느 날 누나에게서 작은 쪽지를 건네받았다. 우리는 자주 쪽지를 주고받았다. 집안에 공과금을 나눠 내야 할 때도 이것저것 적어서 종이로 주고받고는 했다. 누나가 내게 주었던 종이에는 이렇게 적혀 있었다.

힘들지? 혼자면 힘들어도 함께하면 살만할 거야.
너무 걱정하지 말아. 우린 잘될 거야.

글이 적힌 종이를 한참 바라봤다. 한참을. 글자 하나하나를 문신 새기듯 온몸으로 기억했다. 최선을 다하고 있지만 결과는 보이지 않고 사람들은 누군가와 행복해 보이지만 나는 혼자 살아가고 있다 느껴질 때.
내 곁에 늘 있는 사람을 잊지 않아야 한다. 혼자는 힘들어도 함께하면 살만한 삶이다.
너무 걱정하지 말아, 우린 잘될 거야.

종이를 접어보세요.

어떤 크기의 종이든 어떤 힘을 가진 사람이든

어느 순간 더는 접어지지 않을 겁니다.

원래 그래요.

펼쳐져 있어야 하는 것이라

접어도 조금만 접어야 하는 것이라

억지로 접어서는 안 되는 것이라 그래요.

마음도 그러합니다.

그리움은 더욱 그러하고요.

억지로 마음을 접고 또 접으면

오히려 크기만 작아지지 더 단단해집니다.

그냥 두세요. 원래 있어야 할 곳에.

원래 있어야 할 크기로.

타인의
시선

살면서 가장 많이 신경 쓰이는 것 중의 하나가 타인의 시선이지 않을까 싶다. 어느 글에 적었던 것처럼 여행이 좋은 이유는 타인의 시선에서 벗어날 수 있기 때문이다. 국적도 언어도 생김새도 다른 사람들 사이에 있으면 알 수 없는 해방감을 느끼게 된다. 많은 사람이 타인의 시선으로부터 자유로워지고 싶어 한다. 그래서 그토록 여행을 꿈꾸는지도 모르겠다.

나 역시 그랬다. 타인의 시선에 갇혀 살았던 적이 많았다.

음악 할 때도 글 쓸 때도 내가 무슨 일을 할 때면 거의 사람들에게 알리지 않았다. 가장 친한 친구 몇 명에게 말할 뿐이었다. 내게 소중한 것이라 많은 사람에게 이야기하고 싶지 않았던 이유도 있지만 타인의 시선이 신경 쓰였다. 그들 눈에 내가 어떻게 보일지도 모르는데 내 꿈까지 말하면 나를 어떻게 바라볼지 의문이었다.

생각해보면 나도 내 시선으로 타인을 바라봤던 적이 있다. 감정을 표현하는 게 많이 익숙해진 내 시선에서는 말을 아끼는 사람이 답답했다. 저 사람은 왜 그렇게 말을 아낄까 하는 생각을 했는데, 상처가 쌓인 어느 날 나는 사람을 피한 적이 있었다. 어떤 사람을 보면서 술을 왜 그렇게 마실까 했는데, 어떤 날은 먹지도 못하는 술에 취해 기억을 잃은 날도 있었다.

경험하기 전에는 함부로 말하고 판단해서는 안 된다. 내가 그 상황이 되면 나는 더한 선택을 내릴지도 모른다는 걸 깨닫고는 내 시선으로 타인을 바라보는 일을 멈췄다.

내 시선으로 타인을 깊게 바라보거나 타인의 시선이 너무 신경 쓰일 때가 있다. 하지만 우린 가끔 말을 아끼고 귀를 닫고 내가 사랑하는 것에 집중해야 한다. 그 누구도 누구를 비난할 수 없으며 그 누구도 나를 비난하거나 평가할 수 없다. 내 삶은 내가 살아왔으며 나를 가장 잘 아는 것은 나 자신이다. 타인의 시선보다 내가 옳다고 생각하는 것. 내가 사랑하는 것을 믿어야 한다.

그런 날

그런 날이 있어요.
문득 예전 사진을 하나씩 보게 되는 날.
누군가와 나눈 대화를 처음부터 다시 읽고 싶은 날.
집에 들어가기 싫어서 발걸음이 한없이 느려지는 날.
어디로 훌쩍 떠나버리고 싶은 날.
돌아가고 싶었던 것인지 그리운 것인지 외로운 것인지
사랑하고 사랑받고 싶은 것인지 알 수 없는 그런 날.
그냥 마음이 좀 그런 날.

양면의 이유

삶은 어떤 면에서는 너무 불공평하지만 어떤 면에서는 공평해요. 공평한 것은 여러 가지가 있습니다. 착하게 살면 복이 돌아온다. 뛰어가면 일찍 도착한다. 이런 개념 말고 햇빛이 강하면 그늘이 짙게 지는 것처럼 공평한 것이 있어요. 모든 것은 양면의 이유가 있습니다.

어떤 사람을 사랑하는 것 같다고 마음이 느끼고 있어도 그 사람을 사랑하지 않아야 하는 이유를 찾으면 이유가 있습니다. 어떤 곳을 가야겠다고 다짐하다가도 가지 말아야 하는 이유를 찾으면 있습니다.

내 삶이 행복하다는 것도 내 삶이 불행하다는 것도 이유는 늘 있습니다. 모든 것은 다 양면의 이유가 있습니다. 어떤 이유를 찾아 떠나버릴 수도 있고 어떤 이유를 찾아 아름답게 살 수도 있습니다.

물론 숫자가 다를 수는 있습니다. 그러니까 어떤 이유는 세 개. 어떤 이유는 다섯 개일 수는 있어요. 하지만 모든 것에 양면의 이유가 있다는 것은 변하지 않습니다.

어떤 선택을 내리든 우리의 몫입니다. 다만 다 나름의 이유가 있다면 좋은 것을 보고 좋은 생각을 하고 긍정적으로 사는 것도 괜찮지 않냐는 이야기입니다. 굳이 어두운 것을 찾아 어둡게 살 필요는 없잖아요.

스타치스의 꽃말이 영원한 사랑이랍니다. 얼마나 아름답습니까.

2장

걷다

근묵이

뿌리 근. 하늘 호. 하늘의 뿌리. 또는 하늘에 뿌리를 내리는 사람이 되라는 뜻으로 지어진 이름 근호. 내 이름은 이런 뜻을 가지고 있다.

이름에 얽힌 사연이 하나 있다. 원래는 묵 자 돌림을 사용해야 했단다. 영묵이 삼촌이라고 있는데 영묵이 삼촌처럼 이름에 묵이 들어갔어야 한단다. 하지만 호자 돌림이셨던 할아버지가 나를 유독 좋아해주셔서 나에게도 호라는 글자를 넣으셨단다. 그렇게 근호가 됐다.

친구들에게 이 이야기를 해주면 원래 이름이 근묵이었냐면서 놀리고는 한다. 묵이라는 글자가 들어갔으면 이름을 다시 지었을 수도 있는데 굳이 근묵이라며 웃는다. 근묵이. 뭔가 정감 가는 이름이긴 하다.

부모님 말씀에 따르면 나에게 신비한 능력이 있었다고 한다. 숟가락을 구부려트리는 초능력 같은 건 아니다. 어릴 때 내가 심하게 울면 집에 안 좋은 일이 생겼고, 내가 해맑게 웃으면 집에 좋은 일이 생겼단다. 그래서 내가 울면 최선을 다해서 달래주셨단다.

내게 그런 능력이 있었는지는 기억나지 않지만 아버지한테 이 이야기를 들을 때 아버지 눈을 또렷이 봤다. 거짓말 같지는 않았다. 이 두 가지를 생각하면 나는 꽤 특별한 사람이라고 생각한다. 근묵이었던 근호. 해맑게 웃으면 좋은 일이 일어나는 사람.

예전에 사람들을 위로하는 글을 쓰기 위해 자료 조사를 하다가 알게 된 인물이 있다. 존 스몰츠라는 메이저리그 투수다. 존 스몰츠가 한창 잘나가던 시절 갑자기 슬럼프가 찾아왔다. 잘못 던진 야구공이 머릿속에서 떠나지 않던 존 스몰츠는 계속 깊은 슬럼프에 빠졌다. 자신감을 완벽히 잃어버렸고 결국 심리학자에게 도움을 청하기로 했다.

그를 본 심리학자는 특이한 처방을 내렸다. 약물 같은 치료법이 아니라 존 스몰츠가 과거에 완벽하게 공을 던진 경기를 압축해 이 분짜리 영상을 만들었다. 그리고 그 영상을 반복적으로 보게 했다. 다시 마운드에 선 존 스몰츠는 자신이 완벽히 공을 던진 경기가 생각나기 시작했고 이내 곧 자신감 있게 공을 던지기 시작했다. 그렇게 그는 슬럼프를 극복하며 명예의 전당에 오르게 된다.

실패를 반복하거나 살다 보면 내가 너무 작게 느껴질 때가 있다. 아무것도 아닌 존재처럼 느껴질 때, 그때마다 생각한다. 나는 이름에도 사연이 있는 특별한 사람이라고. 울면 복이 달아나고 웃으면 복이 오는 그런 존재였다고.

누구나 다 특별한 모습을 갖고 있고 누구나 다 무언가를 이뤄낸 적이 있다. 사람이 가진 아름다움은 결코 비교할 수 없다. 나는 나대로 특별하며 그대는 그대대로 아름다운 것이 삶이라 생각한다. 여러 갈림길에 설 때면, 앞으로 걸어가는데 자꾸 뒤로 가는 것 같은 기분이 들 때면 그대의 특별함을 떠올리길 바란다. 그대가 이뤄냈던 무언가를 떠올리길 바란다. 당신만큼 아름다운 것도 없다.

당신을 사랑합니다.

귀엽다. 예쁘다. 착하다는 뜻이 아닙니다.

내 이야기를 들어줄 때 천천히 커지는 눈동자.

화가 날 때마다 팔짱을 끼는 버릇.

발걸음은 빠르지만 표현은 느리죠.

상처가 쌓이고 쌓여 사랑을 두려워하지만

입술은 언제나 빨갛게 바릅니다.

나는 당신을 자세히 사랑합니다.

달려가는
사람들

지난 몇 년을 뒤돌아보면 여유 있게 걸었던 적이 거의 없다. 매번 뛰어다녔다. 버스를 놓치지 않기 위해, 차에서 내리면 약속 시간에 늦지 않기 위해, 일이 끝나면 또 다른 일을 하기 위해서 뛰어다녔다.

바쁘게 살았던 건 나름의 이유가 있었지만 너무 바쁘게만 살다 보면 목적을 잊는다. 도착하고 싶었던 목적지가 머리에 가득 차는 게 아니라 바쁘다는 것이 머리를 가득 채워 버린다. 그러다 보면 마치 바쁘게 살아야만 무언가를 이루고 있는 것처럼 느껴진다.

바쁘게 살면 원하는 삶을 살 확률이 올라가긴 한다. 무언가를 계속하니까 삶이 조금이라도 나아질 확률이 올라가지만 그냥 바쁘게 살아서는 안 된다. 중간중간 계속 목표를 확인해야 한다. 목표 없이 속도만 빠르게 살다가 순식간에 길을 잃었던 적이 있다.

새벽 한 시가 다 돼서 일이 끝났는데 또 할 일이 남아 있었다. 저녁도 먹지 못하고 일했는데 해야 할 것이 산더미처럼 남은 채로 집으로 터벅터벅 걸어가고 있었다. 횡단보도에 서서 멍하니 아파트를 보는데 거의 불이 꺼져 있었다. 사람들은 편히 자고 있는데 나는 아직도 일을 끝내지 못했다. 하루의 소란스러움을 감싸 안아주듯 밤이 찾아와 거리에 조용함이 가득해졌지만 나는 여전히 소란스러웠다.

'나는 왜 이렇게 사는 것일까?'
가장 허무했던 것은 내가 자신에게 던진 질문에 답을 할 수 없었다. 평범해지고 싶었다고 대답해야 할까. 그냥 버릇이 됐다고 이야기할까. 애초부터 나는 달려만 가는 사람이라고 대답해야 할까. 입이 벌어지지 않았고 마음에서도 아무런 소리가 나오지 않았다. 몸이 부서질 것 같이 열심히 살아도 질문에 대답할 수 없었다.

어쩌면 너무 달려가고만 있는지도 모른다. 삶을 마라톤에 비유하고는 한다. 마라톤에서는 사점(死點)이라는 것이 있다. 달리다 보면 죽을 것 같은 순간이 오는 지점이다. 이 지점을 잘 극복하면 그전처럼 죽을 것 같이 힘들지는 않는다. 하지만 삶은 마라톤이 아니다. 정해진 길과 정해진 거리를 두고 경쟁을 하는 것이 아니다.

그러니 쉬어도 된다. 죽을 것 같을 땐 멈춰서 다시 뛰고 싶어 미칠 때까지 쉬어도 된다. 달려가던 길이 아니라 옆으로 세어 계절에 따라 나뭇잎 색이 변하는 걸 지켜봐도 좋다. 어제와 오늘이 같다고 불안해하지 않아도 된다. 특별한 어느 날은 평범한 오늘이 모여 만들어진다.

오늘 아무 일 없다면 그것으로도 행복한 삶이다.

젖지 않는 종이

누구나 실패를 맛본다. 누구나 실패를 겪지만 다시 일어날 때까지 꽤 오래 걸릴 만큼 깊이 좌절할 때가 있다. 노력에 대한 결과를 기대했을 때 그런 일이 일어난다. 이만큼의 노력과 시간. 이런 마음을 먹고 했으니 이 정도의 돈과 결과를 얻을 수 있을 거라는 기대를 했을 때 더 그렇다. 기대가 컸기 때문에 원하는 것만큼 결과가 나오지 않으면 빈 공간이 한번에 무너진다. 기대에서 결과를 뺀 만큼의 잔해가 생기기 때문에 잔해를 파헤치고 일어나는 게 더 힘들어진다.

결과는 깊이 생각하지 않는 게 좋다. 자신이 무언가를 열심히 했으면 보상받고 싶기 마련이다. 보상을 결과가 아닌 과정에 두면 한결 마음이 편하다. 이걸 얻을 수 있다가 아니라, 이만큼 했으니 나는 만족한다. 나 자신에 대한 떳떳함에 초점을 맞추는 것이다. 과정에 집중하면 결과가 좋지 못해도 다시 일어설 수 있다.

일요일 새벽 신촌에 도착해서 작업하고 집에 돌아왔을 땐 해가 뜨기 직전이었다. 기절하듯 잠들었다가 일어났는데 보란 듯이 비가 내리고 있었다. 심지어 바람도 강하게 불고 있었다. 내가 붙인 글들은 대부분 온전치 못할 것이다. 쉽게 찢어지고 쉽게 번지는 종이가 견디기엔 비바람이 너무 많이 내리고 있었다. 결과적으로 보면 일요일 작업은 완벽히 실패했다. 많은 사람이 길거리에서 감정과 마주쳤으면 좋겠다는 내 바람은 비가 내리고 바람이 불어 이루어지지 못했다.

많은 사람에게 글을 전달하진 못했어도 정말 최선을 다했다. 일요일에 종일 일하면서 시간이 날 때마다 계속 글을 썼다. 퇴근하고 한 시간을 운전해서 신촌에 도착했다. 눈이 반쯤 감긴 채로 아침이 밝아올 때까지 글을 붙이고 일할 때 쓰지 못했던 글을 더 쓰기도 했다.
글을 붙인 순간만큼은 세상이 조금은 밝아졌을 것이다. 과정

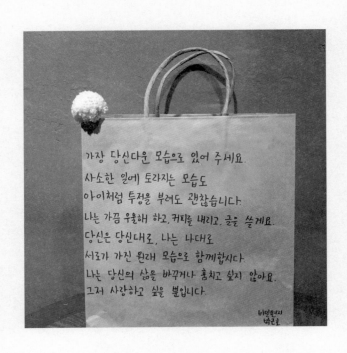

가장 당신다운 모습으로 있어 주세요.
사소한 일에 토라지는 모습도
아이처럼 투정을 부려도 괜찮습니다.
나는 가끔 우울해 하고, 커피를 내리고, 글을 쓸게요.
당신은 당신대로, 나는 나대로
서로가 가진 원래 모습으로 함께합시다.
나는 당신의 삶을 바꾸거나 훔치고 싶지 않아요.
그저 사랑하고 싶을 뿐입니다.

이민현지
바구로

에 최선을 다했기 때문에 종이가 다 젖어도 다시 작업할 수
있다.

실패해도 괜찮다. 부푼 마음과 설레는 꿈을 안고 열심히 하
는 것이 중요하다. 내가 나 자신에게 떳떳한 것. 그거면 충
분하다.

깨진 병,
깨진 마음

꽤 오래전에 겪었던 일이다. 커피 중에서 찬물로 한 방울 한 방울 내리는 더치커피는 모든 요리가 그렇듯 레시피가 다 다르다. 내가 잡았던 레시피는 여덟 시간이었다.

지인에게 선물해주고 싶을 만큼 잘 볶은 원두가 있어서 더치를 내렸다. 찾아보니까 마침 밀봉이 되는 유리병도 딱 하나가 남아 있었다. 모든 게 맞아떨어지는 듯한 기분이었다. 원두도 좋았고, 병도 딱 하나 남아 있었으니까.

여덟 시간 동안 커피를 내렸다. 여덟 시간 동안 직접 물을 한 방울씩 떨어트린 건 아니지만 중간중간 잘 내려지고 있는지 계속 확인해야 했다. 저녁이 돼서야 커피는 다 내려졌다. 하나 남은 유리병에 조심히 옮겨 담고 갈색 상자에 더 조심스럽게 담았다.

늦은 시간에 퇴근을 마치고 커피를 선물하기 위해 걷고 있었는데 마음이 꽤 들떴다. 선물은 그렇다. 사러 가는 길이나 만드는 순간부터 선물을 받고 좋아할 사람의 모습이 상상된다.

기분이 좋아서 상자를 흔들면서 걸었기 때문인지 상자가 약해서였는지 알 수 없지만, 상자 밑이 터져버렸다. 커피는 아스팔트 위로 처참히 떨어졌다. 큰 소리와 함께 완벽히 깨졌다. 선물 받을 사람은 괜찮다고 했지만 나는 전혀 괜찮지 않았다. 괜찮기에는 향기가 너무 좋았다.

병이 깨진 곳 옆은 쓰레기를 버리는 곳이었는데도 깨진 병에서 새어 나온 커피 향기가 거리를 덮을 정도로 좋았다. 늦은 시간이라 거리에 아무도 없었는데 그 고요함이 더 속상하게 만들었다. 유독 병 깨지는 소리가 크게 들렸으니까. 그냥 병 하나가 깨졌을 뿐인데 상처로 남을 정도로 충격적이었다. 곧 선물할 수 있었는데 그동안의 모든 설렘이 단번에 싹둑 잘린 느낌. 만약 그 커피가 돈으로 살 수 있는 물건이었다면 바로 다시 샀을 것이다. 하지만 오랜 시간을 들여야 했고 하나밖에 없는 병이었으며 그 향기를 곧 선물할 사람이 마실 수 있었다.

　한참 지난 일이지만 그날 이후로 그때와 같은 갈색 상자에 커피를 담아야 한다면 테이프를 붙인다. 사람들 눈에 보이는 곳은 조금만 붙인다. 눈에 보이지 않지만 한 번 터진 기억이 있는 밑바닥에는 덕지덕지 붙인다. 상처는 늘 이렇다. 보이지 않는 곳에 테이프를 덕지덕지 붙이게 만든다. 테이프가 붙은 마음을 사람들에게 들키고 싶지 않아 하면서.

그냥.

일이 끝나고 갑자기 집 앞으로 가서 잠깐만 내려오라는 말을 한다. 화장기 전혀 없는 얼굴로 편의점에 다녀온다는 거짓말을 하고 내려온 당신을 반긴다. 낮에 먹고 싶다며 흘리듯 말한 치즈가 듬뿍 들어간 빵 몇 개를 손에 들고.

당신은 민낯이 부끄러운지 자꾸 내 눈을 피하는 거야. 그럼 나는 어두운 곳만 골라서 걷지. 그러다 또 장난기가 돋아서 당신 눈을 빤히 보는 거야. 당신은 얼굴을 반쯤 가린 채 내 눈을 피하지. 화장기 하나 없는 얼굴이 더 예쁘다는 말을 해도 당신은 여전히 부끄러운 거야. 내 머리칼을 헝클어트리고 말하지. 이젠 내가 더 부끄러운 모습이니까 예쁜 얼굴 좀 보자고. 그렇게 당신 집 앞을 잠깐 걷다가 꼭 껴안고 내일을 기약하자. 나는 다시 집으로 한참 가야 하지만 괜찮아.

그냥 보고 싶었어. 그냥.

깊게 파인
발자국

강원도 낙산사로 여행을 다녀왔다. 이십 대 초반 삶에 큰 슬럼프가 찾아왔다. 준비하던 일은 실패하기 바빴고 모든 환경은 내가 견딜 수 있을 만큼의 시련보다 컸다. 색으로 보자면 완벽한 검은색이었던 시절, 친한 친구와 아침 일찍 버스를 타고 낙산사로 떠났다. 어릴 때 살았던 강원도에 놀러 간다는 것도 좋았고 오랜만에 여행이라 들떠 있었다.

낙산사 정상에 올랐을 때의 기분을 아직도 잊지 못한다. 천천히 구경하면서 걸어서 높은 줄 몰랐는데 생각보다 높이가 있었다. 사방이 뚫려 있는 정상에서 동해바다를 바라보는 그 기분. 마침 날씨도 너무 좋아서 하늘을 꼭 누가 그려놓은 것만 같았다. 가만히 정상에서 불어오는 바람을 맞으며 아득히 먼 지평선을 바라봤다. 그리고는 낙산해수욕장으로 내려가 회에 맥주를 마시고 해변을 걷다가 바로 서울로 올라왔다.

길었던 이동 시간을 빼면 실제로 낙산사에서 머물렀던 시간은 짧았다. 근데 그 짧은 하루가 모든 괴로움을 씻어줬다. 가끔 삶이 힘들거나, 힘든 사람을 보거나, 여행 가고 싶어 하는 사람이 있다면 낙산사 가자는 말을 건넨다.

외국인 친구에게 한국에서 지내는 동안 좋은 경험을 심어주고 싶어서 아침 일찍 낙산사로 떠났다. 일이 바빠서 늘 피곤한 삶을 살고 있었기 때문에 그때 기분을 다시 느끼고 싶기도 했다. 정상에 올라가서 육 년 전에 맞았던 바람을 맞았다. 처음 이곳에 왔을 때와 같은 하늘이었다. 처음 왔을 때만큼 충격적으로 아름답진 않았지만 여전히 좋은 곳이었다. 천천히 걷고, 쉬고, 바라보고, 눈으로 사진을 한껏 찍었다.

낙산사에서 내려와 예전처럼 낙산해수욕장 해변을 걷다가 가만히 앉았다. 가만히 있어도 좋은 순간이 있다. 정말 아무것도 하지 않는 게 오히려 더 좋은 순간. 그때가 그랬다. 가만히 모든 것을 느끼고 있을 때 내 또래의 자녀가 있을 법한 부부가 조금 떨어진 곳에서 걸어오고 있었다. 그날 해변의 모든 것은 느렸다. 풍경이 주는 아름다움이 모든 것을 느리게 만들고 있었다. 천천히 모래사장을 걷는 중년의 부부를 나 역시 천천히 바라봤다.

부부는 한쪽에 신발을 들고 맨발로 해변을 걷고 있었다. 해변에 새겨지는 발자국이 사랑의 무게 때문인지 내 발자국보다 훨씬 깊어 보였다. 그 모습을 보면서 사랑에 대한 생각이 조금 바뀌었다. 예전에 싫던 음식이 어느 순간 좋아지는 것처럼 사랑에 대한 정의도 매번 바뀌었다. 예전에는 그 사람을 위해 모든 걸 희생할 준비가 됐을 때를 사랑이라 생각했다.

낙산사 해변에서 이름 모를 부부를 바라보며 생각한다.
아무런 의심 없이 그 사람을 따라 걷다
낯선 곳에 도착해 말없이 파도 소리를 같이 듣는 것.
이게 사랑이 아닐까 싶다.

영원한 것은
영원히 없다

단조로운 일상을 살고 있다. 일하면서 계속 원고를 쓰고 퇴근해도 그 자리에서 계속 원고를 쓴다. 새벽 네 시쯤 되면 더는 어떤 에너지도 나오지 않을 만큼 한순간에 방전된다. 그때 집에 돌아가서는 기절하듯 잠들고 네 시간 뒤에 다시 출근한다. 그 자리에 그대로 둔 원고를 마저 이어 쓰며 동시에 일을 한다. 음악을 들으며 조용히 산책을 한 게 언제인지 까마득할 지경이다. 충분히 잠들지 못해서 괴롭고, 마음 편히 글만 쓸 수 있는 상황이 아니라서 더 괴롭다.

영원히 잊고 싶었던 기억을 때로는 다시 꺼내야 한다는 것은 많이 익숙해졌지만 아픔의 깊이가 깊을 땐 여전히 힘들다. 가끔은 도망가고 싶을 정도로 괴로운 며칠을 참는 이유가 있다.

내가 쓴 원고가 한 권의 책이 되어 팔자를 바꿔줄 거라는 희망 때문이 아니다. 누군가는 이만큼 했으면 됐다고 멈출 때 계속 파고드는 예술가 기질이 내재되어 있어서도 아니다. 치고받고 땀 흘리며 길러진 강한 집념 때문도 아니다. 모든 사람이 나를 보면 좀 쉬라고 얘기하지만 쉬지 못하는 이유. 지금이 때이기 때문이다.

마감일이 지나면 이곳에 적힌 문장을 수정하고 싶어도 수정할 수가 없다. 이런 표현을 쓸 걸. 그때 그 문장은 이렇게 쓸 걸. 이 이야기도 담을 걸 그랬다며 후회해도 고칠 수가 없다. 때가 지났기 때문이다. 삶에는 때가 지나면 할 수 없는 것들이 많다.

교복을 입고 사소한 일에 웃으며 학교를 뛰어다니는 일. 부모님 온기가 느껴지는 집에서 사랑한다 말하는 것. 연인과 눈을 마주치며 서로 살아온 삶을 나누는 것. 하고 싶었던 일을 건강한 몸과 마음으로 하는 것. 때가 지나면 하고 싶어도 하지 못할 때가 온다.

만약 지금이 무언가를 할 때라고 생각된다면 물고 뜯고 울고불고 매달리고 밤을 새우고 한 번이라도 더 사랑한다 말하길 권한다. 괴롭더라도 꾹 참고 할 수 있는 모든 것을 다 하길 권한다. 세상이 아무리 바뀌어도 영원한 것은 영원히 없다. 언제 그때가 지날지 아무도 알 수 없다.

마음을 확인하는 법 1

그 사람에 대한 감정을
무엇으로 표현해야 할지 모르겠다면
이미, 흠뻑 사랑하고 있는지도 모릅니다.

170306

몹시라는 단어를 좋아한다. 몹시 무엇한 것들이 마음에 오래 남는다. 글을 거리에 붙이는 작업을 몇 년 하면서 작업의 형태가 나날이 발전했다.

글을 거리에 붙이는 데는 사람들이 감정과 마주했으면 좋겠다는 명확한 이유가 있었다. 그 이유로 글을 붙이다 보니 조금 더 감정과 마주하게 할 방법이 없을까 항상 고민했다. 처음엔 노란 종이에 글을 써서 붙였고 나중에는 종이컵, 우산, 갈색 봉투 등으로 발전했다.

어떤 글은 종이에 적는 게 감정을 더 잘 전달할 수 있었고, 어떤 글은 봉투에 적는 게 더 나았다. 봉투를 거리에 걸어두는 날이면 작업한 내용을 SNS에 올린다. 처음에 내 글을 봐주는 사람들이 많지 않을 땐 갖고 싶다는 이야기가 거의 없었다. "노란 종이를 보고 너무 힘이 돼서 제가 가져갔는데 괜찮나요?" 이런 연락을 아주 가끔 받았을 뿐이다. 글을 읽어주는 사람들이 많아지고 봉투에 글씨를 쓰는 게 특이하기도 해서 이제는 자주 갖고 싶다는 말을 하신다.

거리에 봉투를 걸어놓는 불특정 다수를 위한 작업도 좋지만 내 글을 좋아해주는 사람들에게도 글이 적힌 봉투를 드려야 한다고 생각했다. 어떻게 드릴까 한참을 고민하다가 아이디어 하나가 떠올랐다. 지하철 보관함이었다. "제가 어디에 있으니 와서 글이 적힌 봉투를 가져가세요." 이런 말을 할 정도로 넉살이 좋은 사람이 아니기 때문에 나도 편하고 받는 분도 편하게 봉투를 전달해드릴 방법은 지하철 보관함이었다.

합정에서 동료 작가와 글을 쓰다 말고 홍대로 향했다. 자주 가던 할아버지 꽃집에서 노란 소국을 한 움큼 샀다. 다시 카페로 돌아와 꽃을 적당한 크기로 자르고 묶었다. 갈색 봉투에 최대한 예쁘게 글씨를 썼다. 다섯 시간 정도의 작업을 마치고 글씨가 적힌 봉투에 노란 소국을 넣어 신촌으로 향했다. 지하철 보관함 열 개에 그날 날짜를 비밀번호로 설정해놓고 꽃이 담긴 봉투를 넣었다.

"신촌 지하철역 보관함 몇 번에 넣어놨습니다. 비밀번호는 170306입니다. 읽어주셔서 늘 감사합니다"라는 글을 올리고 작업을 도와준 동료 작가와 술을 마시러 갔다. 지하철 보관함 바로 위에 있는 포장마차로 향했다. 이모님은 항상 안주가 넘칠 정도로 주신다. 묘기라도 부리듯 그릇 위에 가득 쌓아주시는 모습에서 따뜻함이 느껴진다.

술 한잔하며 우리가 생각하는 예술에 대해 깊이 이야기를 나눴다. 거의 일주일 동안 쉬지 못해서 너무 힘들었는데 맛있는 음식과 좋은 사람 덕분에 한 번에 치유되는 기분이었다. 포장마차에서 술을 마시면 화장실은 지하철역을 이용해야할 때가 많다. 화장실에 가다가 혹시 몰라서 지하철 보관함에 들려봤다. 얼마나 가져가셨는지 궁금했다.

물품보관함 기계 앞에서 떨리는 마음으로 확인을 해봤다. 지

하철역 물품보관함은 비어 있음과 들어 있음이 한눈에 구분 가능하다. 봉투를 넣은 보관함이 하나 빼고 다 비워져 있었다. 한 시간도 안 돼서 다 찾아가신 것이다. 내 글을 이렇게 많은 사람이 좋아해준다는 생각에 짜릿했다. 얼굴도 본 적 없는 사람들과 감정이라는 선으로 연결되어 있는 기분이었다. 작업도 잘 마쳤고 맛있는 음식에 술 한잔을 하는 저녁이 몹시 행복했다. 행복감 덕분에 약간 과음을 했지만. 다음 날 숙취를 이끌고 출근하는 몹시 조용한 아침 거리와 햇빛이 유독 아름다웠다. 행복한 하루를 보내고 난 다음 날이라 그런지 모든 게 아름다웠다.

어제와 오늘은 몹시 무엇한 것들로 가득 찼다. 내가 받은 사랑을 조금 돌려드렸다는 생각과 흔들리던 마음을 깊은 대화로 다시 굳게 세웠다. 마음이 몹시 배부르다. 글로 표현할 수 없는 감정들이 꿈틀거린다. 이렇게 몹시 행복한 기억은 삶을 살아갈 수 있게 해준다.

계절을 닮은
사랑

계절마다 할 수 있는 사랑이 있다. 당신과 우리 집 중간쯤에서 편한 옷을 입고 만나자. 시간이 늦었으니 내가 당신 쪽으로 더 걸어갈 수 있게 빨리 걸을게. 밤에는 시원하다는 말을 주고받으며 동네를 걷자. 시간이 흐르는 게 아쉽다는 듯, 서로를 집에 보내는 게 아쉽다는 듯 천천히.

오늘 하루치 고단함이 가라앉듯 아파트 불이 하나둘씩 꺼지면 적당한 곳을 찾아서 앉자. 시원한 맥주랑 당신이 좋아하는 과자도 몇 개 사올게. 요즘 서로 푹 빠져 있는 노래를 같이 듣자. 당신 취향은 별로인데 당신이 좋다니까 듣는다는 농담도 하고.

거리가 점점 어두워지는 것처럼 이 순간만큼은 우리 걱정도 빛을 잃는다. 미래에 대한 불안도, 내일에 대한 걱정도 없이 여유롭게 한 모금의 맥주를 마시자. 벌레가 윙윙거리며 날아다니다 혹시나 당신을 물면 나는 주머니에서 바를 만한 무언가를 꺼낼 거야. 당신은 이런 걸 가지고 다니냐며 놀라고 나는 넉살스럽게 말하지. 이런 섬세함을 가진 남자는 흔하지 않으니까 잘하라고.

시간이 멈춘 것 같은 기분이 든다. 오늘 죽어도 좋을 것 같은 기분. 행복이 무엇인지 당신을 보는 눈으로, 들리는 여름 소리로, 불어오는 가을 냄새로, 마시는 시원함으로 느껴진다. 여름에만 할 수 있는 사랑을 하자. 겨울에는 겨울에만 할 수 있는 사랑을 하고. 그렇게 사계절을. 그렇게 평생을.

화양
시장

화양시장에서 동료 작가들을 만났다. 예전에 음악을 할 때 이곳을 이 년 정도 왔다 갔다 했었다. 시장을 지나고 지하 작업실에 도착하면 나와 같은 꿈을 꾸는 사람들이 가득했다. 우리 집에서 왕복 다섯 시간이 걸리는 이 먼 곳에 왔던 이유는 하나였다.

현실과 꿈을 조율하기 위해서 안 해본 아르바이트가 없었다. 그 이유도 하나였다. 하고 싶은 일을 하고 싶었다. 나를 잡아주는 게 있어야만 살아갈 수 있었다.

작업실에서 두 시간 남짓 작업을 하고 집으로 돌아갈 때면 항상 알 수 없는 우울함을 껴안고 걸었다. 집에 가는 길에 화양시장은 퇴근한 직장인들로 가득 찬 음식점들이 있었다.

검은 봉지 하나씩 들고 집으로 바삐 걸어가는 사람들. 그들이 참 부러웠다. 혼자 있어야 하는 나와는 다르게 행복해 보였다. 돌아갈 곳도 있어 보였고 마음도 배도 허기진 것 같지 않아 보여서 부러웠다. 화양시장은 꿈을 위해 지나쳐야만 하는 곳이었고 집에 가기 위해서도 지나쳐야만 하는 곳이었다. 웃고 있는 사람들이 부럽고 내 발걸음은 아픈 곳.

작업이 끝나면 항상 늦은 시간이었는데 허기진 배를 채우려고 지하철역 앞 햄버거 가게에서 햄버거를 먹다가 네 번 울었다. 내 모습이 처량했다. 배가 고파서 음식을 허겁지겁 먹는 모습도 싫었고 음악 한번 해보겠다고 이 먼 곳을 몇 년씩 왔다 갔다 해도 별반 나아지지 않는 삶이 서러웠다.

가장 고통스러웠던 건 그런 기분을 나눌 사람이 없었다. 나와 같은 길을 걷는 사람들과 친하게 지내지 않았다.

몇 년이 지났는지 헷갈리지만 화양시장을 더는 지나치지 않게 되고 삼 년 정도 만에 다시 그곳에 간 것 같다. 같이 글을 쓰는 동료 작가들을 만났다. 정말 멋있게 살아보자며 서로의 생각을 모으고, 나누고, 위로했다. 매번 굶주린 채로 지나던 화양시장에서 속이 거북할 만큼 맛있는 음식을 많이 먹었다. 화양시장에 사는 동생네 집에서 다 같이 웃으며 잠들기도 했다. 매일 밤에만 지나치던 곳을 한낮에 거닐기도 했다. 어쩌면 예전에 나와 같은 삶을 살던 사람이 동료들과 함께 걸으며 배가 불러 보이는 나를 부러워했을지도 모른다.

지금 내 삶에 원래 꿈꾸던 것은 떠났고 글이라는 더 멋진 것이 남았다. 그땐 몰랐다. 내가 화양시장에서 작가라는 이름으로 비슷한 생각을 하는 사람들과 웃으며 잠들지 말이다. 아픈 화양시장이 아름다운 추억으로 바뀌었다. 삶은 어떻게 흘러갈지 알 수 없다. 누군가의 아픈 화양시장도 아름다운 추억으로 바뀌길 바란다.

사람들이 가끔 내게 길을 묻는다.
대부분 묻는 장소는 똑같으므로
열쇠를 쥐어주며 똑같은 이야기를 한다.
나가서 오른쪽으로 돌면 바로 있습니다.
어떤 이는 한 번에 찾고
어떤 이는 돌아와 다시 길을 묻는다.
어느 위치에서 오른쪽으로 돌아야 하는지
얼만큼 오른쪽으로 돌아야 하는지
각자의 기준이 다른 탓이다.

갈 곳이 어딘지 헤매는 사람을 보면서 생각한다.
당신과 내가 같이 뱉었던 말의 깊이는 같았을까.
이를테면 사랑한다는 이야기들. 보고 싶다는 말들.

오래 함께하자는 순간들.
상투적이고 상투적이던 말들.
우린 서로를 같은 깊이로 생각했을까.
깊이가 같았다면, 멀어지던 순간의 아픔도 같았을까.
같지 않다면 같았다고 생각한 것은 착각이었을까.

신촌행 버스

신촌행 버스를 탔다. 약속 시간이 다 돼 가는데 모든 게 늦었다. 급하게 뛰어가 탔던 택시는 너무 느리게 달렸고 몇 초면 긁히던 카드조차 오늘은 말썽을 부렸다. 눈앞에서 버스를 놓치기도 했다.

우여곡절 끝에 탄 버스는 운전이 무엇인지 보여주겠다는 듯 달렸다. 약속 시간에 늦지 않을 것 같아서 기분이 조금씩 나아지고 있었는데 조금 무섭기도 했다. 이러다 사고가 난다면 죽을 수도 있겠다 싶은 속도였으니까. 처음으로 버스에서 안전벨트를 찾았다. 혹시 몰라서.

내가 당신에게 다가갔을 때 당신도 이랬을 거라는 생각이 들었다. 아주 빠른 속도로 다가갔고 쿵 하고 부딪혔다.

그동안 살아왔던 당신 삶 전체를 흔들었으리라. 사랑에 대한 관념을 매일 바꿨고 표현이 무엇인지 매일 보여주었으리라. 그래서 당신은 때때로 두려웠을 거라 생각했다. 이랬던 사람이 나를 질려 한다면, 모난 모습을 들켜버린다면, 우리가 또 비슷한 이별을 한다면, 버스가 콘크리트 벽에 박는 충격을 느낄 거라는 두려움.

당신은 우리 사랑에 안전벨트를 찾아다녔다. 상처로부터 당신을 방어할 장치들. 그게 나를 아프게 하든 우리가 어떻게 되든 어쩔 수 없다는 듯 가지고 있었다.

사랑은 그런 것이 아니다. 누려야 한다. 아무런 장치 없이 속도와 두려움까지 모두 즐겨야 한다. 사랑이지 않은가. 답 없는 세상에 유일한 해답. 나를 이상하게 만들지만 설명할 말이 그 사람을 사랑해서라고 말할 수밖에 없는 것. 나보다 키 작은 남자는 싫다고 말하다가 어느 조용한 바에 앉아 눈을 지그시 마주친 채 대화를 나누다 말고 입을 맞추는 것. 말 없는 사람은 싫다고 말하다가 어느 말 없는 사람을 위해 책 한 권을 통째로 외워버리는 것. 하지 않겠다고 다짐했다가 다시 하는 것. 같은 집에서 하루를 머물고 향기를 나눠 쓰

는 것. 물 한잔 마시고 돌아오면 훔쳤던 입술 색이 다시 칠해
져 있는 것. 비 오는 날 우산을 내어주고는 빈손으로 장마철
을 나는 것. 꽃 이름을 하나씩 알게 되는 것. 이게 사랑이지
않을까.

번지점프나 공포체험 스카이다이빙 같은 것이 아니다.
무섭고 두렵다고 해서 피할 수 있는 것이 아니다.

떠난 사람이 남긴 허무함과 아픔 때문에 아주 두꺼운 대
문을 만들고 자물쇠로 잠가버렸다. 나조차 열 수 없을 만큼.
평생 골방에 갇혀도 좋으니 차라리 혼자가 낫다고 생각해도
그 좁은 틈을 비집고 들어온다. 갑자기 불어난 계곡물처럼
피할 수 없다. 답답하고 우울하고 불안하고 슬프지만 그것도
사랑해야 한다. 두려워도 해야 한다. 사랑해서 해야 한다.
이별해도 해야 한다. 사랑은 그런 것이다.

첨벙첨벙

    장 보러 갈 때 지나는 길은 비가 많이 오면 항상 물이 고인다. 비가 많이 내리는 날이면 길을 돌아가야 하거나 신발이 더러워져야만 지나갈 수 있었다. 물이 고인 것을 볼 때마다 문제라고 생각했다. 사람들이 지나다니는 길에 그렇게 물이 고이다니. 심지어 흙탕물이라 더 위협적으로 보이기도 했다. 물이 고이지 않게 조치를 취해야 한다는 혼잣말을 하기도 했다. 비가 내리고 하루가 지나서였을까. 원래 물이 고여 있는 곳에 마른 땅이 조금 보였다. 그 모습을 가만히 보자니 마치 섬 같았다. 도시의 작은 섬. 그런 짧은 생각을 하고 대수롭지 않게 길을 지나쳤다.

    조금 있다가 그 길을 다시 지나가게 됐는데 섬 같아 보이는 곳에서 아이들이 놀고 있었다. 아이들이 하는 건 딱 두 가지였다. 서로를 밀듯 말듯 장난치는 것. 섬 안까지 뛰었다가 섬 밖으로 다시 뛰는 일. 단순한 놀이지만 세상에서 제일 행복해 보였다. 사진을 꼭 남겨두고 싶어서 아이들이 뒤돌았을 때 사진을 찍기도 했다.

생각해보면 나도 비 오는 걸 좋아했다. 비 맞는 것도 좋아했다. 강원도에서 살던 어린 시절 우리 가족은 외식을 많이 했다. 어릴 때의 나는 집에서 밥 먹는 것보다 밖에서 먹는 걸 더 좋아했다. 집안의 막내가 좋아하니까 가족들은 자주 외식을 했던 것 같다.

고기집으로 다 같이 밥 먹으러 갔을 때가 기억난다. 괜히 자리를 옮겨가며 앉을 만큼 신이 났다. 가만히 있다가 밥 위에 올려주는 고기를 한 숟갈 크게 먹기도 했다. 배부르게 고기를 먹고 집으로 가는 길은 비가 많이 내리고 있었다. 슬리퍼를 신고 있던 내 옆에는 엄마, 아빠, 누나가 나란히 걷고 있었다.

지금 돌아가서 본다면 별로 가파르지 않을지도 모르지

만 우리 집과 음식점 사이에는 꽤 높은 언덕이 있었다. 그 언덕을 조심스럽게 내려가던 순간 알 수 없는 기분 좋음에 우산 밖으로 뛰쳐나갔다. 아빠는 비 맞으면 감기 걸린다며 나에게 우산을 들고 왔지만 너무 행복해하는 내 모습을 보자 가만히 두셨다.

나는 그렇게 하염없이 비를 맞았다. 언덕을 따라 내려가는 유독 굵은 물줄기에서 발을 첨벙첨벙 구르기도 했다. 내 모습을 보고 온 가족이 웃었던 기억이 있다. 비를 맞고 집으로 돌아가 따뜻한 물로 씻고 누웠던 포근함까지도 선명히 기억난다. 비가 많이 오는 날이면, 어쩌다 첨벙거리는 소리라도 들리면 그때가 생각난다.

물론 돌아갈 수 없겠지만 그때로 돌아가면 또 우산에서 뛰쳐나와 비를 맞을 수 있을까. 그렇지 못한다면 내가 너무 삭막하게 산 것일까. 몇 번 몸이 젖어 앓아누웠던 탓일까. 쉽게 대답할 수 없지만 한 가지는 확실하다.

그 시절이 사무치게 그립다는 것.

가족들의 웃음소리, 첨벙첨벙 발 구르는 소리.

아무 걱정 없던 시절 다시는 느끼지 못할 포근함까지.

다시 사랑할 수
없는 사이

길을 걷다 보면 어떨 때는 나를 빼고 거리에 사람들이 전부 연인일 때가 있다. 심지어 작업하러 갔던 카페에서 큰 테이블을 하나 두고 자리를 나눠 앉는 곳에 앉았는데 나를 제외한 모두가 연인이었던 적이 있다. 그럴 때 가끔 생각한다. 이 중에서 헤어졌다가 다시 재회한 연인은 얼마나 될까.

흔히 말한다. 헤어졌다가 다시 만나면 같은 이유로 또 헤어진다고. 친구들은 내게 연애에 대한 하소연을 많이 한다. 다시 만나고 싶다. 아니면 이별하고 싶다. 사랑하는데 힘들다 등등. 평소에 연애에 대한 조언이나 상담은 거의 하지 않는 편이다. 아무리 이야기해줘도 자기 마음이 움직이는 대로 하는 게 연애사니까.

가끔 내 말에 귀 기울여주거나 정말 힘들어하는 친구가 있다면 매번 같은 이야기를 한다. 아직 사랑한다면 해볼 수 있는 모든 걸 다해보라고. 이별하면 싸울 수도 없다. 다퉈야 하고 맞춰가야 하고 희생해야 하고 힘들 거라면 차라리 옆에 두고 힘들어해라. 할 수 있는 거 다했는데도 똑같은 관계가 유지된다면 그때 헤어져도 상관없다는 말을 한다.

사랑은 늘 온 힘을 다해야 한다. 지금껏 여자친구를 두 번 사귀어봤다. 물론 중간에 일주일 정도 사귄 친구도 있었고, 중학생 때 만난 친구도 있지만 사랑이라 부르기는 모호하다. 처음 만난 진짜 사랑은 오 년을 함께했고, 두 번째 만난 사랑은 거의 삼 년을 함께했다. 나는 여러 사람이나 새로운 사람을 만나는 걸 별로 좋아하지 않는다. 차라리 한 사람을 자세히 사랑하고 싶어 한다.

새로운 사람을 만나는 설렘보다 낯익은 내 사람의 깊숙한 모습이 더 좋다. 한 사람을 자세히 사랑하다 보면 나만 아는 아름다움이 보인다. 어디서 들었던 말처럼 눈빛만 봐도 알 수 있다. 그런 교감이 더 좋다.

혹시나 미래의 여자친구가 이 글을 볼지 몰라서 하는 말인데 맹세코 전에 만났던 사람들은 내게 삼 그램 정도밖에 남아 있지 않다. 정말이다. 한 사람을 오래 만나면 그 사람이 몸에 배어버리거나 오래 지워지지 않는다고 하지만 절대 그렇지 않다. 그럴 것 같으면 나는 애초에 이별하지 않는다. 내가 이렇게 적을 수 있다는 건 완벽히 떠나보냈기 때문이다. 이겨낸 것들만 적는다. 해명 아닌 해명을 좀 하고 싶었다. 미래의 여자친구 님. 혹시나 오해하지 않길 바랍니다.

전에 만났던 사람들에 대해서 거의 말을 안 하는 편이지만 용기 내서 조금만 이야기하자면 두 번의 사랑 모두 헤어졌다가 재회한 적이 있다. 하지만 다시 비슷한 이유로 헤어졌다. 후회하지는 않는다. 같은 결말이 반복된다고 해도 조금이라도 더 행복하면 된 거 아닌가? 같은 이유로 헤어질 테니까 다시 만나지 말라는 사람들의 의견은 무시하길 바란다. 내가 좋으면 그만인 거다. 아파도 조금이라도 행복하면 그만인 거다.

전에 만났던 친구들과 헤어진 지 꽤 오래됐다. 심지어

첫 번째 여자친구는 추억을 쥐어짜내도 거의 기억나질 않는다. 내가 오 년이나 한 사람과 사랑을 했다는 사실조차 낯설다. 두 번째 여자친구도 같은 기분이다.

만약 지구의 모든 여자가 사라져 단 두 명만 남는다면 첫 번째 여자친구와는 다시 만날 수 있지만 두 번째 여자친구와는 다시 사랑할 수 없다. 사랑의 깊이를 따지자면 두 번째 여자친구를 훨씬 더 사랑했다. 훨씬 더 경제적으로 여유가 있었고, 마음의 여유도 있었다. 어느 정도 용서해주고 사랑해줄 줄 아는 상태였다.

하지만 첫 번째 여자친구를 다시 만날 수는 있어도 두 번째 여자친구를 다시 만날 수는 없다. 확실한 이별의 이유가 없기 때문이다. 처음 만난 여자친구와는 확실한 이유가 있어서 헤어졌다. 그래서 용서를 하거나 이해를 하거나 누군가 사과를 할 수가 있다.

두 번째 만났던 친구는 좀 달랐다. 우린 뚜렷한 이유 없이 헤어졌다. 그 친구가 내가 가진 모습을 이해 못 하기도 했지만 이유가 이것뿐만이 아니었다. 서로 너무 사랑하고 있었지만 우릴 힘들게 하는 게 많았다. 힘들고 지쳐서 이별한 것도 뚜렷한 이유는 아니었다. 어떤 사이는 이렇게 끝나는 경우가 있다. 뚜렷한 이유 없는 이별. 한 줄로 표현할 수 없는 이별.

병명을 모르기 때문에 치유하지 못하는 것. 끊어진 곳이 어딘지 모르기 때문에 다시 묶을 수 없는 것. 엉켜버린 곳이 어딘지 몰라서 풀 수 없는 것. 뚜렷한 이유 없이 이별했는데 심지어 마음마저 다 쏟아부었다면 더욱 그 사람과는 다시 사랑할 수 없다.

그런 사람

그녀에게 묻는다.
나는 당신에게 어떤 사람이었어요?
마치 고향이 없다는 듯 여행을 다녔고
그 속에서 모래알처럼 많은 사람을 만났잖아요.
나는 어떤 사람이었어요?

그녀가 대답한다.
많은 사람을 만나봤지만 특별한 무언가가 있어야 해요.
당신에게는 그런 게 있었어요.
특별한 무엇이.
그런데 왜 이런 이야기는 항상 나부터 해야 하죠?
나는 어떤 사람이었어요?

내가 대답한다.

당신은 나한테 어떤 사람이었냐면

당신을 만나고 온 며칠 동안은 누구를 만나든

나도 모르게 당신 이름이 먼저 튀어나왔어요.

그래서 그 사람들을 부르기 전에

잠시 멈췄다가 불러야 했어요.

그런 사람이었어요.

작은 불빛

희망을 품고 사는 건 무척 중요해. 열심히 살면 삶이 나아질 수 있다는 희망을 품고 살아야 해. 열심히 일하면 빚이 없어져야 해. 열심히 살면 곰팡이 핀 벽지를 하얗게 도배할 수 있어야 해. 열심히 살면 문신 같던 슬픔과 멀어져야 해.

눈을 꼭 감고 머릿속으로 그려봐. 당신이 어딘가에 있는데 주변이 감은 눈처럼 어두운 거야. 아무런 불빛도 없고 바닥은 자꾸 발이 빠지는 모래인 거야. 근데 저쪽에 아주 흐릿하게 작은 불빛 하나가 보여. 그럼 걸어갈 수는 있다.

그 불빛이 있는 거리가 사실 평생을 걸어도 도착하지 못할 만큼 멀리 있다고 한들 한 시간이면 도착할 수 있는 거리

라고 한들 중요하지 않아. 최소한 걸을 수 있게 해준다는 거
지. 그게 희망이야.

　희망을 품고 걸어. 삶이 나아진다는 희망을 갖고 걸어.
목적지가 저 멀리 있어도 괜찮아. 가진 게 없어도 괜찮아.
그래도 당당하게 걸어.

봄

사랑이 깊어지는 순간이 있다. 오랜 시간을 함께했을 때. 값비싼 선물을 주고받았을 때. 아침을 함께 맞이했을 때가 아니다. 그 사람 마음에 깊게 들어갔을 때다.

마음에 깊이 들어가서 과거, 상처, 불안, 행복 등 그 사람이 살면서 느꼈던 것을 온전히 느끼면 이해되지 않는 것들도 이해된다. 그 사람이 훨씬 더 사랑스러워진다. 만약 상대방이 말이 없는 사람이라면 마음에 들어갔다 오면 알게 된다. 침묵이 상처에서 비롯됐다는 것을.

혹시나 다시 침묵을 유지하더라도 예전처럼 불안하거나 기분 나쁘거나 걱정되지 않는다. 오히려 상처에서 비롯된 기록이라는 것을 알기 때문에 안아주고 싶어진다.

그 사람의 모든 것을 보고, 느끼고, 이해했기 때문에 고칠 수 없는 모습도 사랑스러운 것이다. 남녀 사이에는 절대 좁힐 수 없는 거리가 있다. 우리는 너무 잘 맞는다고 말하는 연인들에게도 좁힐 수 없는 거리는 있다. 마음에 들어갔다 나오면 그 거리가 숨소리 들릴 만큼 좁혀지는 것도 가능해진다.

날씨가 아주 따뜻해졌다. 어떤 사람 마음 끝까지 헤엄치고 싶다. 그리고는 그 사람이 받았던 상처를 내 몸에서 뚝뚝 떨구며 그 사람이 느꼈던 행복을 내 몸에서 뚝뚝 떨구며 당신을 온전히 사랑한다 말하고 싶다. 봄은 그런 계절이다.

밥 먹었어?

신촌에 글을 붙이러 왔는데 생각보다 일찍 끝났다. 누군가에게는 너무 늦은 시간이겠지만 별다른 시간의 구속 없이 살아왔던 나에게는 그냥 새벽이었다. 피곤할 법도 한데 피곤하지도 않았고 이상하게 집에 들어가기 싫었다.

유독 집에 들어가기 싫은 날이 있다. 갈 곳이 없을까 혼자 고민하다가 문득 며칠 전 대화가 떠올랐다.

외국인 친구가 마포대교에 다녀왔다며 내게 메시지를 보냈다. 마포대교 생명의 다리 위를 걸었는데 다리에 글씨가 쓰여 있다며 신기하다는 말을 했다. 나도 안 가본 곳인데 그런 곳도 가보고 한국사람 다 됐다는 농담을 했더니 외국인 친구가 마포대교도 안 가봤냐고 한국사람 맞냐는 농담을 했다.

그 대화가 생각나서 마포대교에 가보고 싶어졌다.

신촌에서 그다지 먼 곳도 아니었고 새벽이라 차도 없을 테니 마포대교를 검색하기 시작했다. 인터넷을 뒤적거리니 곧 생명의 다리가 철거된다는 이야기도 있어서 얼른 가보는 게 좋을 것 같았다. 바로 출발했다. 겨울이라 너무 추워서 입을 수 있는 건 다 입고 새벽 두 시에 마포대교 위를 혼자 걸었다.

정말 글씨가 쓰여 있었다. 많은 사람이 죽음을 선택했던 마포대교에는 삶을 살아가게 하고 싶은 글이 많이 쓰여 있었다. 그중 눈에 가장 띄었던 것은 "밥은 먹었어?"라는 문구였다.

"밥 먹었어?"라는 말을 가장 좋아한다. 밥 먹었냐는 말이 진짜 밥 먹었는지 그 자체가 궁금해서 건네는 경우도 있지만 그보다 더한 뜻이 담겨 있는 표현이다. 내가 발 디디며 살아온 삶에서 밥이라는 건 사랑이라는 단어와 맞바꿔도 전혀 어색하지 않았다. 저녁을 먹지 않고 집에 들어오면 아무리 늦은 시간이라도 가족들은 밥 같은 무언가를 내어주기 바빴다. 어릴 때 우리 집이 심하게 휘청거렸던 적이 있다. 그때도 아

미래를 계획하는 일도 필요하지만
가장 좋은 것은
오늘을 최선을 다해 사는 겁니다

버지는 내가 밥을 먹지 않았다고 하면 맛있는 거 사 먹으라며 큰돈을 쥐어주시고는 했다. 내가 처음 했던 요리가 초등학생 때 어머니를 위해 끓인 라면이었다. 그렇게 자라나서 나는 사랑하는 사람들에게 밥 먹었냐는 말을 자주 건넨다. 서울에서 일하던 친구를 동네에서 오랜만에 만났을 때 밥은 먹고 다니냐는 말을 제일 먼저 건넸다. 마음이 가는 사람에게도 밥 먹을 시간이 되면 밥 먹었냐고 매일 물어봤다.

단순히 밥 먹었냐는 말이 아니라 꽤 의미가 있는 말이다. 아무 일 없이 잘 지내고 있는지. 밥을 챙겨 먹을 만큼 그래도 조금은 쉬면서 살고 있는지. 오늘을 잘 보냈는지 같은 뜻이 담겨 있다. 이런 걸 보면 사랑은 학습되는 것 같다. 내가 사랑이라고 배워왔던 것들을 그대로 하고 있으니까. 밥은 먹고 지내냐고 묻고 싶은 밤이다.

재회

가끔 집으로 돌아가는 길에 상상을 한다. 내가 집에 가는 유일한 길에 네가 서 있다. 내가 오는 게 훤히 보이는 그 길에 네가 서 있다. 나를 보자마자 한마디 말도 못 하고 운다. 소리 내서 울지도 못한다. 나는 너를 안는다. 그제야 너는 소리 내서 울기 시작한다.

너무 그리웠다고. 그냥 화를 내고 싶었을 뿐인데 멈추는 방법을 몰랐다고. 당신에게 돌아가는 방법을 몰라 떠날 수밖에 없었고 복잡해 죽을 것만 같아서 늦게까지 술을 마실 수밖에 없었다고. 당신에게 돌아가고 싶었는데 나 없이 당신이 너무 잘 지내는 것 같아서 돌아갈 수가 없었다고. 내가 부족했던 게 마치 증명이라도 되듯 당신 삶이 더 나아지고 있었다고. 우리가 처음 만난 것처럼, 매번 화해했던 것처럼 이기적이지만 당신이 와주길 바라고 있었다고. 진짜 내가 싫어졌을까 무서웠다고. 그립고 보고 싶고 미안하지만 여전히 당신이 미워 괴로웠다고.

　나는 습관처럼 외투를 벗어 아직은 춥다는 말과 함께 건넨다. 처음에는 발걸음이 맞지 않았지만 우리도 모르는 사이 발걸음을 맞춰 걸었을 그 길을 함께 걷는다. 너의 가족을 만날까 조마조마했던 집 앞에서 우린 익숙한 이별을 한다. 너는 내가 그새 그립다는 듯 전화를 한다.
　당신 없던 시간이, 내가 없던 시간이 한순간에 무너진다.

전하지 못한 편지

첫눈에 반한다는 말을 믿는다. 사랑에 여러 종류가 있지만 처음 누군가를 좋아했던 건 초등학생 때였다. 순서로 치면 첫사랑이었을 것이다. 첫눈에 반했었다. 흐릿하게 기억나지만 수진이라는 아이였는데 우연히 교실 문 사이에서 스칠 때 마음에 눈사태가 일어난 것 같았다. 차가운 것이 나를 감쌌지만 느낌은 따뜻했다. 그때 알았다. 첫눈에 반한다는 것이 이런 기분이구나. 그 뒤로도 종종 첫눈에 반하고는 했다. 섬세한 편이라 그런지 모르겠는데 말할 수 없는 느낌이 있다.

연애를 오래 쉬었을 때 첫눈에 반했던 사람이 있다. 자주 가던 카페 직원이었다. 합정에 폐공장을 개조한 카페에서 일하는 사람. 그 카페는 예전에 음악을 할 때 자주 갔던 곳이다. 넓고 낡아서 좋았다. 역에서 꽤 걸어야 하는 곳인데 커피 맛이 좋아서 걸음이 아깝지 않던 곳. 다시 예술이 하고 싶어졌을 때 나도 모르게 그곳을 찾았다. 이 년 만에 카페를 찾은 어느 겨울날 미닫이문을 열고 들어가 그 사람을 보자마자 몸이 굳어버렸다. 잠시 몸이 굳었지만 이내 곧 아무렇지 않은 척 주문을 위한 대화를 주고받았다. 몸이 굳었던 시간은 실제로 아주 찰나였지만 마음은 회복되지 않고 있었다. 마치 근육이 강하게 뭉칠 때 아무리 주물러도 쉽게 풀리지 않는 것처럼.

작업하기 위해 그 카페를 찾는 일이 잦아졌다. 내가 좋아하는 곳을 좋아해준 동료들 덕분에 우린 그곳을 더욱 자주 찾게 됐다. 그렇게 그 사람과 몇 번을 마주쳤다. 처음에 강한 충격을 받았던 탓일까, 자꾸 아른거리는 것이다. 느리게 걷는 걸음걸이와 필히 삶의 굴곡을 겪었을 법한 목소리의 울림. 째려본다는 생각이 들 정도로 또렷이 보던 눈. 자기 자신을 이해하고 있는 듯했다. 마주 앉아 밥을 먹어보고 싶었다.

어떻게 다가가면 좋을까 한참 고민했다. 동료와 친구들

에게 내가 세운 작전을 검사 맡기도 했다. 나약해졌을 땐 도움이 필요하다. 다른 건 몰라도 나에게 이런 분야는 약점 같은 것이다. 한 번도 낯선 사람에게 연락처를 물어본 적이 없었다. 미친 척하고 연락처를 물어볼까. 이 층에 올라와 컵을 치울 때 더 미친 척 달려가서 대신 들어줄까. 어느 날 꽃다발을 하나 사오고는 주문받을 때 들이밀까. 온갖 상상을 펼치고 작전 아닌 작전을 세웠다.

그렇게 두꺼운 외투에서 옷이 얇아질 때까지 고민했다. 일이 바쁘기도 했고 그 사람과 자주 마주치지 못해서 더욱 무언가를 시도할 기회가 오지 않았다. 그러다 문득 내가 저 사람이라면, 여기가 내 직장이라면 누군가 다가오는 게 불편할 수도 있겠구나. 내가 저 사람에게 다가가는 것을 모두가 본다면 불편해할 것 같았다.

작전을 바꿨다. 언제 샀는지 기억도 안 나는 편지지에 편지를 썼다. 간단히 내 소개를 썼다. 그리고는 처음 보고 마음이 이상해졌다가 몇 번 스치자 마음이 아예 이상해졌다며 대화를 나누고 싶다는 내용을 썼다. 합정 근처를 가는 날이나 그 카페를 가는 날이면 내가 아끼는 시집 사이에 편지를 넣어 들고 다녔다. 혹시라도 마주친다면 그 편지를 주기 위해.

꽤 오랫동안 마주치지 못해서 체념하고 있을 때쯤 카페에서 화장실 가다가 우연히 그 사람과 마주쳤다. 정말 우연히 마주쳤다. 근데 몸이 굳어버리는 것이다. 예상하지 못한 순간이라 그랬을까. 옆에 직장 동료가 있어서였을까. 한 번도 해본 적이 없어서였을까. 그렇게 몇 번의 기회를 놓치고 더는 카페에서 그 사람을 볼 수 없었다.

나를 한심해했었다. 그냥 미친 척 손에 쥐어줬으면 될 것을. 어떤 원고보다 그 편지를 열심히 썼으면서 가지고만 다니다니. 그러다 이런 생각이 들었다. 어쩌면 내가 절실하지 않았을지 모른다는 생각. 그 사람에게 첫눈에 반했어도 사랑을 시작할 만큼 마음의 준비가 안 됐거나 지금은 사랑이 필요하지 않았을지도 모른다. 그래서 계속 이유를 찾았고 말을 거는 것에서 편지를 주는 것으로 방식이 바뀐 게 아닐까.

정말 저 사람이 불편할까 봐 다가가는 방식이 편지로 바뀌긴 했겠지만 그게 가장 큰 이유가 아니라는 것. 물론 동료가 옆에 있었고 정말 우연히 마주쳐서 건네지 못한 것도 있지만 그게 전부는 아니라는 것. 절실하지 않으니 갖은 이유를 만들며 미루고 미뤘는지도 모른다.

나이가 들고 있으니 연애를 해야 한다는 무언의 압박감. 불안정한 삶이 누군가를 만나면 안정될 거라던 어떤 사람의 조언. 내가 너무 외롭게 지낸다고 생각하던 누나의 걱정. 사랑해야 할 것만 같은 기분. 그 사람을 향한 마음에 이런 이유가 조금은 칠해져 있을지 모른다고 생각했다.

편지를 건네지 않기로 한다. 자주 읽지 않지만 꽤 좋아하는 책 사이에 넣어 보관하기로 한다. 나는 자연스럽게 알게 되는 사람이 좋다. 물론 한 번도 낯선 사람에게 말 걸어본 적 없는 사람이 말을 걸게 되는 게 사랑이지만 내 방식대로 사랑하고 싶다. 내가 사랑하고 싶을 때 사랑하기로 한다. 여전히 사랑이 삶의 이유라고 생각하는 건 변하지 않는다. 세상 모든 글자와 노래가 사랑을 말하기 위해 만들어졌을지도 모른다는 생각을 한다.

하지만 구태여 사랑하진 않아도 된다.
사랑도 나답게 해야 한다.

떠난다는 것

수원에 가기 위해 오랜만에 영등포에서 기차를 탔다.
버스나 지하철보다 기차를 더 좋아한다.
낭만적이기도 하고 생각할 게 많아지기 때문이다.
어딜 떠난다는 느낌도 들고.

49분에 출발한다던 기차는 48분에 도착했고
정말 49분이 되자마자 칼같이 출발했다.
사람들은 다 탔나 걱정될 정도로 빨리 출발했다.
무언가를 끝낸다는 건 어렵지만 어쩌면 떠나는 건
이렇게 해야 할지도 모른다. 떠납니다. 하는 순간
칼같이 떠나야 한다.

당신을 응원해요

　친구 녀석 중에 요리사가 꿈인 친구가 있습니다. 정확히 말하면 셰프라고 합니다. 셰프랑 요리사는 엄연히 다른 직업이라면서 자신이 되고 싶은 건 셰프랍니다.

　대학교도 그쪽으로 진학한 친구는 군대를 다녀오자마자 바로 외국으로 떠났습니다. 돈은 얼마 주지 않아도 좋으니 조금 더 넓은 세상에서 요리를 배우고 싶다며 훌쩍 떠나버렸죠. 아르바이트해서 모은 몇백만 원을 들고요. 그렇게 일 년 넘게 있다가 한국으로 돌아왔습니다. 그리고는 부산으로 내려가 어느 호텔에서 일을 배웠습니다. 우리 동네는 김포인데 말이죠. 초등학교 때부터 봐오던 사이니까 십오 년은 가깝게 지낸 친구입니다. 근데 이 녀석이 하도 꿈을 찾아 떠나는 바람에 성인이 되고는 거의 보지 못했죠.

어느 날 이 녀석이 말도 없이 동네로 돌아온 겁니다. 이유를 묻진 않았습니다. 삶이 힘들었겠지요. 사랑하는 사람들과 함께 있어도 힘든 게 삶인데 타지생활이 오죽했겠습니까. 일을 배우는 입장이니 지갑도 넉넉하지 못했을 겁니다.

돌아와서는 거의 쉬지도 않고 일을 바로 구하더군요. 학원도 다니고 또 바쁘게 살더군요. 새로 시작한 일은 한동안 열심히 하다가 계약이 연장되지 않아서 그만뒀답니다.

요즘은 피시방에서 아르바이트를 한다네요. 친구가 일하는 곳에 놀러 갔었습니다. 잠깐 들렀는데 마음이 오래 찢어지는 겁니다. 친구가 일하던 피시방은 음식을 같이 파는 곳이었는데 주방에서 재료를 살피는 친구 눈빛이 슬펐습니다. 양배추 상태를 이리저리 돌려가며 확인하는데 눈빛이 매서운 겁니다. 매서워서 오래 슬펐습니다.

이 친구 아직도 어디서 요리를 배울 수 있다면 기본 시급만 달라는 이야기를 합니다. 얘가 그래요. 자기가 좋아하는 것 앞에서는 잔머리를 굴리지 않습니다. 편법을 쓰지 않고 아주 느리게 갑니다. 어쩌면 그래서 아직 이렇다 할 성과를 이루지 못했는지도 모릅니다.

저는 그 마음을 이해합니다. 누구나 지키고 싶은 게 있 잖아요. 꼭 대상이 사람이 아니더라도 지키고 싶은 것이 있 잖아요. 이 친구에게는 요리가 그런 거였던 거죠. 그래서 느 리다는 걸 알지만 천천히 다가가고 있나 봅니다.

예전에 진짜 힘든 공장에서 아르바이트를 몇 개월 했던 적이 있습니다. 같이 온 친구들은 모두 다 힘들어서 그만뒀 지만 저는 계속 일했죠. 사고 싶은 건반이 있었거든요. 그때 도 음악만 들려주면 그렇게 열심히 일했습니다.

하고 싶은 일을 포기했던 적이 있습니다. 지쳐서 그만둔 이유도 있습니다만 나한테 너무 소중한데 그걸 제가 다룰 수 없다고 판단돼서 그만뒀습니다. 나한테는 너무 소중해서 그 냥 묻어두고 떠났습니다. 후회는 전혀 되지 않습니다. 이 친 구도 요리 시작한 것을 한 번도 후회한 적은 없답니다. 비록 손에 든 것은 없지만 자신이 품었던 꿈을 이야기할 땐 눈빛 이 또렷해지는 삶. 꽤 괜찮지 않습니까.

어느 날 이 친구도 갑자기 요리를 그만두고 다른 길을

찾아갈지도 모릅니다. 저도 그랬으니까요. 그래도 언제든 이야기만 꺼내면 눈이 초롱초롱 빛나는 무언가가 있는 거 괜찮지 않나요. 평생 신던 신발 하나가 구멍 났을 때 내 발이 맨발인 걸 들키더라도 열심히 살았다고 당당히 말하는 삶. 괜찮지 않습니까.

　　이름도 들어본 적 없고 얼굴도 본 적 없지만 당신의 넘어짐을 응원해요. 비탈길을 걸어 낡아빠진 당신의 신발을 아름다워해요. 이루지 못했더라도 품은 꿈이 있다는 것을 축복해요. 당신이 사랑하는 것을 사랑해요.

3장

듣다

낯선 사람과의
열병

　일하는 곳에 친구가 왔다. 보통은 이야기를 나누러 기분 좋게 놀러오는 편인데 표정이 심상치 않았다. 거의 다 죽어가는 표정이었다. 마치 전부를 잃은 듯한 표정이기에 보자마자 무슨 일 있냐고 물었다. 친구는 아무런 말없이 내 앞에 앉았다. 잠시 적막함이 흐르더니 나지막이 이야기를 꺼냈다. "헤어졌다." 그 네 글자로 친구의 표정과 나에게 오기 전에 있었던 일이 모두 표현됐다. "진짜?"라는 말을 건넸지만 이별했다는 사실 자체는 놀랍지 않았다. 평소 연애 때문에 많이 힘들어하던 친구였기에 예정된 이별을 향해 가고 있다가 그 시간이 조금 일찍 다가온 것처럼 느껴졌다.

　별다른 말을 건네지 않았다. 주변에 사람들이 있기도 했고 평소에 울음이 많던 친구라 내가 무슨 말을 뱉으면 눈물 난다며 도망갈 것 같았다. 그동안 마음고생 많았다고 이제 편히 지내라는 이야기를 건넸다. 친구는 바람 빠진 풍선보다 더 축 처진 몸으로 알겠다는 말을 뱉고 집으로 돌아갔다. 친구가 집에 돌아가고 조금 있다가 제대로 된 위로를 해주고 싶어서 메시지를 보냈다. 우린 오래된 친구라 서슴없이 이야기할 수 있는 사이였다. 솔직하게 위로해주고 싶었다.

이별은 누구나 한다. 나도 이별을 했었고, 너도 이별을 했고, 우리 부모님도 이별을 겪었으며 하물며 들판의 꽃도 몇 번의 계절과 이별했다. 이별의 아픔은 시간의 흐름보다는 깊이와 관련 있다. 한 달을 함께했어도 그 깊이가 깊었다면 평생을 아플 수도 있는 게 이별이다. 연인관계에서 상대방을 너무 사랑했던 사람은 이별의 순간이 찾아왔을 때 세상이 같이 무너진다. 자신의 생활을 그 사람 기준으로 살았기 때문에 삶의 기준도 없어진다. 이것은 그 사람이 좋아하는 것. 이것은 그 사람이랑 같이한 것. 오늘은 그 사람이 쉬는 날. 삶 전체의 흐름을 사랑하는 사람을 기준으로 살았기 때문에 자신의 세상도 같이 무너지는 것이다. 덤으로 사랑은 한순간에 끝난다는 허무함과 그 사람은 나만큼 사랑하지 않았다는 게 판결이라도 난다면 아픔이 배로 커진다.

그래도 평생을 미지근한 온도로 살아갈 뻔한 마음이 한 번쯤은 터질 만큼 뜨거워지지 않았었냐고. 뜨거움이 너무 커져 몇 번의 열병을 앓았지만 열병만큼 아름다운 시간을 보내서 좋지 않았냐는 말을 건넸다. 깊었던 사랑이 끝나서 한참을 괴로워하겠지만 사랑이 허무하다는 걸 배우지 않았냐는 말도 건넸다.

모두가 이별하고 모두가 사랑한다. 마냥 행복해 보이는 연인도 몇 번의 이별 끝에 만난 사람들이다. 너도 그만큼 아프고, 열정적으로 사랑했으니 마냥 행복한 사랑을 할 날이 머지않았다.

낯선 사람은 내 사람이 되었다가 다시 낯선 사람이 된다. 하지만 언젠가는 낯선 사람이 평생 내 사람으로 머물 것이다. 깊었던 만큼 충분히 아파했다 다시 행복하기를. 다시 사랑하기를.

우리는 늘 지났다고 생각한다.

순수하게 사랑할 수 있는 시기도 지났고

내 외모가 가장 빛나던 시기도 지나고 있다고 생각한다.

하지만 문득

어떤 사람 때문에 종일 떨렸던 적이 있고

어느 날 문득

사진을 여러 장 찍을 만큼 내 모습이 만족스럽기도 했다.

지났다고 아쉬워하지만, 다시 돌아온다.

문득 돌아온다는 것은 지났다는 것이 아니다.

그렇게 우리는 문득 순수한 사랑을 하고,

문득 아름다운 모습으로

문득 행복해진다.

사랑을 드는
힘

　　운동을 좋아하는 편이다. 건강한 몸과 정신을 갖기 위해
서 운동은 필수라고 생각한다. 운동할 때 꾸준히 하는 것만
큼 중요한 것은 근력을 기르는 것이다. 어떤 운동이든 최소
한의 근력이 뒷받침되지 못하면 쉽게 따라갈 수 없다.

　　근력을 기를 때는 내가 기르고 싶은 근육 말고 다른 근
육의 개입은 최소한으로 줄여야 한다. 등 근육을 키울 땐 등
근육에 집중해야 한다. 자신이 운동하는 부위에 집중하기 위
해서 팔꿈치를 고정하기도 하고, 손목의 각도와 운동기구를
잡는 손 모양을 다르게 하기도 한다.

　　무수히 많은 지식이 있지만 지식을 습득하는 것만큼 알
아야 하는 것은 자신이다. 내가 나를 알아야 한다. 적절하게

들 수 있는 무게는 얼마인지, 나에게 맞는 속도와 시간은 얼마인지 알아야 한다. 운동하다 보면 자신이 갖고 있는 문제점을 발견하기도 한다. 많은 사람이 그렇지만 나는 어깨가 안쪽으로 굽어 있는 체형이라 어깨 펴주는 스트레칭을 운동만큼 많이 해야 한다. 자기가 자신을 알아야 더 발전할 수 있다.

근데 이 근력이 필요한 곳은 몸뿐만이 아니다. 사랑에도 근력이 필요하다. 어떤 연인이든 간에 다툼은 피할 수 없다. 사랑하는 동안 많은 문제가 일어난다. 아무리 사랑해도 다툼이나 문제는 일어날 수밖에 없다. 새로운 사람을 찾아 지구 반대편으로 떠나도 다툼은 피할 수 없다. 노력하고 노력해도 남녀 사이에는 절대 좁힐 수 없는 것이 있으니까. 새로운 사람을 만나도 그전과 다투는 이유가 달라졌을 뿐 다툰다는 것은 변하지 않는다. 다툼은 항상 같은 이유가 반복될 것이다. 그런 과정을 견딜 수 있게 해주는 것이 사랑의 근력이다. 사랑의 근력을 기르는 방법은 운동할 때 근력을 기르는 것과 같다고 생각한다.

운동할 때처럼 자신이 자신을 알아야 한다. 내가 내 몸을 알아야 멋진 근육을 만들 수 있듯, 내가 나를 알아야 건강한 사랑을 할 수 있다. 나를 이해하지 못한 상태에서는 상대방을 절대 이해할 수 없다. 다른 근육의 개입을 최대한 줄이고 자신이 운동할 부위에 집중하는 것처럼 사랑할 땐 주변 시선을 닫아야 한다. 팔꿈치를 고정하고 운동하던 순간처럼 누군가 나에게 왜 그런 사랑을 하냐고 물어본다고 한들 최대한 상대방에게 집중해야 한다. 근력을 키울 때 덤벨을 드는 것처럼 사랑의 근력을 기르기 위해서는 대화를 많이 해야 한다. 나 자신을 알고, 상대방에게 집중한 뒤 꾸준히 운동하듯 깊은 대화를 나누는 것. 사랑의 근력은 그렇게 길러진다.

사랑의 근력은 연인 간의 다툼을 버티게 해줄 뿐만 아니라 아름다운 사랑을 할 수 있게 해준다. 아프고 힘들 때 한 번 더 운동하면 근육이 생기는 것처럼 힘들고 피곤하고 지쳤더라도 연인과 한 번 더 대화하길 바란다. 힘들더라도 한 발 더 이해하길 바란다. 그때 사랑의 근력이 더 길러지니까. 체력이 없으면 쉽게 피곤하듯 근력이 부족한 사랑은 쉽게 지친다.

알 수 없는
우울함

이유 없이 우울한 날이 있다. 우울의 시작이 어디인지 찾아봐도 별다른 이유를 찾을 수 없지만 우울한 날. 나는 이런 날이면 충분히 잘하고 있다며 스스로를 다독였다. 떠오르는 부정적인 생각을 애써 긍정적인 생각으로 지우려고 했다. 어떤 긍정적인 것도 떠오르지 않을 땐 친구를 불러 술을 마시기도 했다. 두 가지 방법 모두 나름의 효과는 있었지만 뭔가 개운하지 않았다. 긍정적인 다독임으로 우울함을 지우는 방법은 잠시 효과가 있었지만 금방 다시 우울해졌다. 술을 마시며 우울함을 달래는 것도 우울함과 잠시 이별한 것처럼 보였을 뿐 술에 취하거나 집으로 돌아가면 두 배로 우울해졌다. 다음 날 숙취 때문에 하루가 피곤해지기도 했다.

여러 가지 시도를 해보다가 찾은 좋은 방법이 있다. 우울한 날에는 충분히 우울해하는 것이다. 청량한 무언가를 마시며 벽에 기대 노래를 듣는다. 평소에 듣던 밝은 노래 말고 우울한 노래만을 골라 듣는다. 친구를 불러내서 술을 마시기보다는 아무런 대화 없이 온전히 혼자 있어보는 것도 좋다. 그날 기분에 맞는 영화를 보는 것도 좋다. 영화마저 우울해도 괜찮다. 충분히 우울해하고 나면 알 수 없는 개운함을 느낄 수 있다. 힘든 일이 있을 때 시원하게 울고 났을 때랑 비슷한 감정이다. 충분히 우울해하면서 이런 생각을 곁들이면 조금 더 마음이 편해진다.

'우울하다는 것은 기쁨, 행복처럼 우리가 느끼는 감정 중에 하나일 뿐이다.'

원하는
세상

일하는 가게에 오는 손님 중에 장애를 가지신 분들이 있다. 꽤 예전부터 오셨는데 처음 오셨을 때가 기억난다. 그분들이 커피를 고르는 기준은 단 하나였다. 가장 저렴한 것. 삼천 원짜리 아메리카노를 시키셨다. 한입 드시더니 너무 쓰다고 말씀하시기에 시럽을 넣어드렸다. 다음번에 오셨을 땐 좀 단 걸 추천해달라고 하셔서 바닐라라떼를 추천해드렸다. 받자마자 일 분도 안 돼서 다 드셨다.

다음번에 오셨을 때 저번에 먹던 걸 달라고 하셨다. 삼천팔백 원이라는 가격을 보시더니 돈이 모자라신 듯 고민을 하다가 삼백 원 저렴한 카페라떼를 시키셨다. 라떼도 시럽이 안 들어가니까 시럽을 넣어서 드렸다. 맛있게 드시긴 했지만 바닐라라떼를 드셨을 때보단 덜 만족하신 표정이었다.

며칠 뒤에 오셔서 주문하실 땐 이름을 헷갈리셨다. 아메리카노를 드셨다가 바닐라라떼를 드셨다가 다시 카페라떼를 드셨고 모두 다 달았으니 헷갈리실만 했다. "저번에 먹었던 거로 좀 주세요"라는 말을 하셨다. 알겠다며 금액은 삼천 원이라고 대답했다. 그리고는 바닐라라떼를 만들었다.

그분들이 삼천 원을 내고 드셨던 아메리카노는 사실 사천삼백 원짜리 큰 사이즈의 바닐라라떼였다. 내가 해드릴 수 있는 건 이것밖에 없었다. 그분들의 기분이 상하지 않는 선에서 내가 할 수 있는 선행은 바닐라라떼를 아메리카노로 속이는 것밖에 없었다.

그분들에게 바닐라라떼를 아메리카노라며 드리게 된 이유는 여러 가지가 있지만 가장 큰 이유는 현금결제였다. 그분들은 단 한 번도 카드로 계산하신 적이 없다. 지갑이 두꺼우셨던 적도 없다. 넣을 수 있는 공간이 많은 큰 지갑은 항상 빈 곳이 가득했다. 카드로 물건을 계산하는 지극히 일반적인 행위가 그들에게는 귀했다. 커피를 사 먹는 일조차 그분들에게는 특별한 일이었다.

글로 썼기 때문에 대화가 잘 오고 간 것처럼 보이지만 사실 주문을 하고 추천을 해드리고 시럽을 넣어드리는 데 오 분에서 십 분씩은 걸렸다. 소통이 잘 안 되면 그분들은 주변 눈치를 보셨다. 여태껏 항상 이런 상황에서 눈치를 받았던 것처럼.

카페에 물건을 배달해주시는 기사님은 여름이 되면 피부가 몹시 검게 타고, 팔이 야위어지신다. 일도 힘든데 날씨까지 더우니까 두 배로 힘드실 것이다. 택배차가 가게 앞에 서면 하던 일을 멈추고 재빨리 호불호가 갈리지 않는 시원한 아이스티를 만든다. 기사님이 택배를 놓고 가실 때 하나 가져가시라며 드린다. 어느 토요일에 기사님이 운전하는 택배차에 초등학생으로 보이는 남자아이가 타고 있었다. 그날 이후로 더 챙겨드릴 게 없나 고민한다. 택배차가 가게 앞에 서고 기사님이 택배를 들고 가게에 들어오기까지 일 분이 걸린다. 그 사이에 아이스티를 만드는 재미도 있다. 미션을 깨는 듯한 기분이다.

어떤 세상을 원하냐는 질문을 받는다면 대답하고 싶다. 세상에 아픈 사람은 너무 많고 열심히 사는 사람도 너무 많다. 그들이 열심히 산다면 부귀영화를 누리진 못하더라도 최소한 평범한 삶을 살 수 있는 세상이길 바란다. 토요일은 아들과 일하는 차를 같이 타는 게 아니라 카페에서 대화를 나눌 수 있기를. 어눌한 말솜씨로 오래 주문해도 눈치 받지 않기를. 삼천팔백 원짜리 커피를 기분 좋게 사 먹을 수 있기를 바란다.

바닐라라떼를 아메리카노라고 팔고 음료 한 잔을 만들어드리고 담담히 글을 적는 게 전부지만 이 작은 선행이 선행을 낳기를 바란다. 모든 사람이 열심히 살면 평범하게 살 수 있기를 바란다. 그래야만 한다.

누구나 그렇겠지만 어릴 때 과자를 좋아했었다. 과자는 이제 별로 안 먹지만 새콤달콤하고 말랑말랑하게 씹을 수 있는 것은 여전히 좋아한다. 젤리 같은 것이 눈에 보이면 항상 그 자리에서 봉투 하나를 다 비우고는 했다. 밥 먹기 전에도 젤리를 먹는 모습을 보면 아버지는 말씀하셨다.

"밥 먹기 전에 그런 거 먹으면 밥맛이 떨어져. 밥 먹고 먹어."

나는 늘 같은 대답을 했다.

"이거 먹어도 밥 맛있어."

정말 그랬다. 밥 먹기 전에 젤리를 먹어도 밥은 항상 맛있었다. 그런데 어느 순간부터는 과자를 멀리하더니 점점 젤리를 먹는 횟수도 줄어들었다. 이제는 밥 먹기 전에 젤리를 절대 먹지 않는다. 나이가 들면서 소화기관이 노화된 탓인지, 입맛이 변한 것인지 젤리를 먹고 밥을 먹으면 정말 밥맛이 없었다. 이제는 아버지가 따로 말을 하시지 않아도 아버지가 하셨던 말이 이해됐다.

내가 싫어하는 아버지의 몇 가지 모습이 있다. 하나는 미안하다는 말을 뱉으시는 것이고 다른 하나는 술을 드시는 것이다. 술이 아버지 얼굴을 점점 검게 만드는 것도 싫었고, 술 드실 때 축 처진 어깨를 보는 게 그렇게 마음 아팠다. 나한테 그토록 큰 존재가 야위어가는 것을 눈으로 확인하는 기분이었다.

한편으로는 이런 생각이 들기도 했다. 술 말고 조금 더 건강한 취미를 갖으시면 좋겠다고 말이다. 운동도 하시고 영화도 보시고 조금 더 삶을 누리기를 바랐다.

술을 별로 좋아하지 않았는데 서른 살에 가까워지면서 술이 필요한 순간이 많아졌다. 영화를 보고 운동을 하고 삶을 열심히 살고 그 보상으로 삶의 혜택을 누려도 술이 필요할 때가 있었다. 아버지가 드시던 것처럼 때로는 혼자 술을 마시기도 했다. 어떤 날은 더 독한 술이 필요해서 마시지도 못하는 독주를 찾아 나서기도 했다. 쓰린 속을 부여잡고 다신 먹지 않겠다고 다짐했지만 며칠 지나지 않아서 또 독주를 마신 적이 있다.

아버지가 마시던 술이 이해됐다. 취미가 있고, 명확한 신념이 있고, 삶을 열심히 살아도 채워지지 않는 무언가가 있다. 그 채워지지 않는 것은 나이가 들수록 자주 튀어나온다. 그때 필요한 건 술이었다.

만약 내가 아버지의 삶을 그대로 산다면 훨씬 더 독주를 마셨을지도 모른다. 아버지가 사랑하는 사람과 이별했을 때. 내가 핏덩이였을 때. 학교에서 나를 문제가 있는 사람처럼 다뤘을 때. 우리 아버지가 나를 힘들게 키우던 시절. 정신을 꽉 잡고 살아도 얼마나 힘들었을까.

아버지는 이제 간이 많이 고장나서 술을 거의 드시지 않는다. 가끔 혼자 술 마시는 내 뒷모습이 아버지와 많이 닮지 않았을까 생각을 한다. 밥 먹기 전에 젤리를 먹던 아이가 이젠 혼자 술을 마시는 사람이 되어가고 있다. 아버지를 조금씩 이해하기 시작했다. 아버지 삶 아주 일부분을 이해했을 뿐인데 마음이 아릴 때가 많다. 나중에 아버지를 훨씬 더 이해하게 된다면 어떤 기분일까. 혹시라도 그때 내 옆에 계시지 않는다면 어떻게 살아갈까. 부디 건강하게 오래 사셔요. 나 아직 아빠랑 술 한 번 못 먹어봤는데.

무너지지
않는 법

　　친구와 사는 이야기를 나누며 고민을 들어주느라 밤을 꼬박 새웠다. 대학을 졸업하고 제일 중요할지도 모르는 첫 직장을 전공과 다른 쪽으로 가게 돼서 걱정이 많아 보였다. 보통 친구를 만나서 술을 마시면 밤늦게 만난다. 친구들이 퇴근하고 동네로 돌아오면 거의 새벽이기도 하고, 나도 그때까진 일을 하는 경우가 많다. 오랜만에 만난 친구와 깊은 대화를 주고받다 보니 해가 떠버렸다. 집에 가서 조금이라도 자고 출근할까 고민했지만 자면 일어나지 못할 것 같아서 그냥 밤을 새우기로 했다.

　　친구를 집에 보내고 사우나를 갔다. 술기운 탓인지 아니면 오래 앉아 있어서 그런지 알 수 없는 뻐근함을 풀어내고 싶었다. 사우나에서 한 시간 넘게 있다가 몇 년 만에 아침도 먹고 말끔한 모습으로 출근했다. 평소에는 늦잠을 자느라 아침도 못 먹었는데 오히려 해가 뜰 때까지 술을 마신 날은 아침을 먹고 출근했다. 몸 상태가 나쁘지 않았다. 생각보다 졸리지도 않았고 조절하면서 마셔서 그런지 술기운도 금방 사라졌다. 점심을 먹고 나서 한 번의 고비가 찾아오긴 했지만 커피 한잔으로 달랠 수 있는 정도였다.

오랜만에 푹 자고 나온 사람처럼 개운해 보이는 모습으로 열심히 일했다. 그렇게 퇴근 시간이 가까워지고 있었는데 갑자기 졸음이 미친 듯이 쏟아지는 것이다. 정말 아무것도 할 수가 없었다. 바닥이 콘크리트든, 풀이든, 나무든 일단 누워서 자고 싶을 정도로 졸음이 쏟아졌다.

비단 피로뿐만일까. 생각해보면 감정이라는 것도 이렇다. 괜찮지 않아야 하는 순간 괜찮을 때가 많다. 어두운 감정일수록 더 그럴 때가 많다. 예를 들어 연인과 이별을 했는데 생각보다 괜찮을 때처럼. 그런데 감정이라는 것은 괜찮지 않아야 하는 순간에 괜찮다가 예상하지 못한 순간 한꺼번에 몰려온다. 이상하게 피곤하지 않았다가 아무것도 할 수 없을 만큼 졸음이 몰려오던 날처럼.

괜찮지 않은 감정들은 평소에 조금씩 덜어낼 줄 알아야 한다. 괜찮다며 넘겼던 감정들이 괜찮지 않게 돌아올 때 무너지지 않도록.

마음을 확인하는 법 2

어떤 사람에 대한 자신의 마음을 알고 싶다면
좋은 곳으로 여행 떠나길 권한다. 해외든 국내든
사람이 많지 않은 낯선 곳으로. 여행지에서만 먹을 수
있는 음식도 먹고 아름다운 풍경도 보고 그곳에서만
할 수 있는 일을 집중해서 하길 바란다.
어떻게 흘러갔는지 알 수 없는 하루가 끝나고 집으로
돌아가는 길. 알 수 없는 적적함에 젖은 시간 누군가
떠오른다면. 떠오르는 사람이 좋은 곳으로 여행 갔을
때와 같은 사람이라면. 다른 것으로 그 사람이
대체되지 않는다면. 필히 두 가지 중에 하나다.
그리움이거나, 사랑이거나.

여행 중입니다

작년 가을 일본에서 며칠을 지냈다. 일본에 사는 친한 형 집에서 얹혀 지냈다. 그냥 떠나고 싶었다. 첫 해외여행도 일본이었다. 일본에서 이런저런 일을 하는 형이 부탁을 했었다. 급하게 써야 하는 물건이 있는데 그것 좀 가져와 줄 수 있냐는 부탁이었다. 그 물건이 머그잔 한 박스라 정말 무거웠지만 첫 해외여행이라는 설렘 때문에 들고 갈만 했었다.

처음 외국에 나가서 가장 좋았던 점은 아무 생각이 나지 않는다는 것이었다. 처음 하네다 공항에 도착했을 때 내가 가야 하는 목적지 말고는 아무것도 눈에 보이지 않았다. 일본어도 모르고 영어도 잘 못하는 편이라 지내는 며칠 동안은 모든 신경을 집중해야만 할 수 있었다. 덕분에 다른 생각이 별로 들지 않았다.

한국에서의 삶은 너무 많은 걱정과 고민 속에 갇혀 있었다. 삶이 불만족스럽진 않았다. 예전엔 힘들게만 살아야 하는 삶이 원망스럽고 견디기 힘들어 목숨을 끊고 싶었다. 하지만 그런 삶을 잘 이겨낸 결과로 지금처럼 글을 쓸 수 있었고, 누군가를 위로해줄 수 있었으며, 남들이 보지 못하는 것을 보게 됐기 때문에 이젠 어느 정도 감사하며 산다.

한 번쯤은 오로지 나만 생각할 수 있는 시간이 누구에게나 필요하다. 일본 여행이 그랬다. 일본에 거주하고 있는 형 덕분에 꽤 현지인 같은 생활을 해볼 수도 있었다. 편한 옷차림으로 동네 마트에 가서 장을 봐오기도 했고, 한국처럼 일본 피시방에서 형이 퇴근할 때까지 기다렸던 적도 있다. 덕분에 친구들에게 놀림을 받기도 했다. 게임을 하면서 누구기다릴 거면 한국에 있지 뭐 하러 거기 갔냐며. 그래도 낯선 여행지에서 익숙한 곳인 듯 지낸다는 건 상당히 매력적이다. 그 기억 때문에 삶에 너무 찌들었던 어느 날 다시 일본에 가고 싶어졌다. 그렇게 가을에 일본으로 떠났다. 이번에는 예전보다 더 오래 머물렀다. 머무는 동안 아무것도 생각나지 않을 만큼 머리가 비워지는 여행에 내가 가진 모든 돈을 지

불할 의사가 있었다.

또 하나 여행의 좋은 점은 '여행 중'이라는 사실이다. 전날 먹은 술이 다음 날까지 깨지 않아도, 때로는 뛰고, 때로는 느긋하게 걸어도 여행 중이기 때문에 모든 게 괜찮았다. 처음 보는 사람과 오래 알고 지내던 사람처럼 이야기를 나눠도 여행 중이기 때문에 가능했다.

아무런 연락도 없이 지내는 나를 보면서 친구들이 도대체 뭐 하고 지내냐는 연락을 하면 "여행 중이다"라는 말을 했다. 그럼 친구들은 역시 미쳤다는 이야기를 할 뿐 별다른 말을 하지 않았다. 짧았다면 짧고 길었다면 긴 여행이 끝나고 한국으로 돌아왔다. 다시 셔츠를 입고 출근했다. 그동안 미뤄왔던 고민이 하나둘씩 떠오르기 시작했다.

다시 삶이 퍽퍽해지고 있던 어느 날 여행할 때 찍었던 사진을 보면서 문득 생각이 들었다. 어쩌면 내 삶 전체가 여행이지 않을까. 꼭 물리적으로 살던 곳을 벗어나는 것만이 여행이 아니라 지금 삶 자체가 여행일지도 모른다. 어떤 곳에서 자라며 누군가를 만나고 헤어지고, 삶의 이유를 찾아 떠나는 이 과정이 모두 여행이라는 생각이 들었다.

물리적으로는 살던 곳에서 살고 있다. 어디로 떠나도 많이 벗어나지 못한 채 비슷한 동네를 거닐고 있지만 이곳도 여행지라고 생각하기로 했다. 평소에 차 타고 갈 거리를 걸어보기도 하고, 여행할 때처럼 별것 아닌 것도 사진을 찍어보기도 하고, 커피 한 잔 들고 익숙한 동네를 구석구석 산책하기도 했더니 삶이 조금은 재밌어진 것 같았다.

여행하듯 삶을 살기로 했다. 여행할 때처럼 다른 사람의 시선은 덜 신경 쓰고 나에게만 집중할 것이다. 가끔은 아무런 꾸밈없이 모자를 눌러쓰고 도심을 걸을 것이다. 처음 보는 사람과 깊은 대화를 나누기도 할 것이다. 때로는 미친 것처럼 보일 수 있는 내 삶을 보고 누군가 뭐 하는 거냐고 물어본다면 대답할 것이다.

"여행 중입니다."

사랑하세요

인간관계에서 몇 명 없는 여자 동생 중 한 명을 만나러 망원동으로 향했다. 오랜만에 만났다. 마침 근처에 가고 싶었던 카페가 있어서 그곳으로 터벅터벅 걸어갔다. 다 온 것 같다는 말은 계속하는데 주변에 카페는 보이지 않았다. 알고 보니 리모델링 중이었다. 철근이 세워져 있고 큰 천막이 쳐져 있었다. 폐허 같은 건물 앞에서 둘이 한참을 웃고 다른 곳으로 향했다. 계단을 두세 개 정도 내려가야 하는 카페였다.

편한 자리를 골라 앉고 이야기를 나눴다. 오랜만에 만나서 그런지 할 말이 참 많아 보였다. 회사 이야기부터 헤어진 남자친구, 미래 이야기까지 할 수 있는 이야기는 다 나눈 것 같았다. 많은 이야기 중에서 가장 머리에 깊게 남았던 것은 취미 이야기였다. 운동하는 것을 좋아하던 동생이었는데 발목을 다쳐서 요즘 운동을 못 한다며 속상해했다. 운동을 못 하니까 취미생활이 없어졌다며 퇴근하고 난 저녁 시간이 너무 심심하다는 말도 했다. 캘리그라피를 연습할까 고민하고 있다는 말도 했다.

취미가 없어지고 나서 방황하게 된 시간을 채우고 싶어 했다. 보기 좋은 모습이었다. 자신을 위한 고민은 늘 필요하다. 캘리그라피도 좋은 것 같다는 호응을 했다. 나한테 글은 취미이자 일이자 사랑하는 것인데 글이 좋은 점은 장소에 구애받지 않는다는 것이다. 어디서든 쓸 수 있다. 캘리그라피도 그럴 수 있으니 좋은 생각인 것 같다는 말을 건넸다. 쉴 틈 없이 대화를 나누고 내일 출근해야 하는 동생을 집 앞까지 바래다줬다. 그리고는 작업을 조금 하고 집에 들어가고 싶어서 혼자 카페로 향했다.

종이와 펜을 꺼내 이것저것 적는 내 모습을 보면서 또한 번 취미는 중요하다고 느꼈다. 자신이 사랑하는 것이 있다는 건 정말 행복한 일이며 삶에서도 꼭 필요하다. 취미가 뭐냐고 물어보면 진부하겠지만 음악을 듣고 책을 보고 커피를 마시고 운동하는 걸 좋아한다는 대답을 한다. 근데 이게 정말 내 취미다. 어쩌면 그 어떤 누구보다 내 취미를 깊게 사랑한다. 내가 좋아하는 것들이 많으니까 지금처럼 혼자 있는 시간도 행복하다.

사랑해야 한다. 이성을 사랑하는 것도 좋지만 내가 사랑하는 것을 찾아 떠나야 한다. 무엇이라도 좋다. 거창하지 않아도 된다. 작은 로봇을 조립하든 글씨를 끄적이든 상관없다. 무엇이라도 내가 사랑하는 것이 있다면 삶이 조금 더 재밌어진다. 기댈 곳도 생기고 혼자 있는 시간이 외롭지 않아진다.

한 번쯤은 내 마음을 깊게 들여다봐야 한다.

나는, 무엇을 사랑하는가.

마음이
치과에 가는 날

살다 보면 자신만의 인생 경험이 쌓인다. 경험으로 단단하게 쌓인 것이 몇 가지 있는데 그중 하나는 치과를 가는 일이다. 단순히 치과에 가서 치료받는 행위를 말하는 것이 아니다. 한 번쯤은 치과에 가서 비싼 돈을 주고 치아 이곳저곳을 크게 치료할 날이 온다. 누군가는 교정을 할 수도 있고, 누군가는 그동안 미뤄왔던 충치를 치료할 수도 있고, 누군가는 깨진 치아를 치료하기도 한다. 간단한 치료를 하러 갔는데 꽤 많은 곳을 치료해야 할 수도 있다.

각자 치료해야 하는 곳이 다를 뿐이지 꼭 한 번은 큰돈을 써 가며 치료를 한다. 실제로 내 생각이 맞는지 확인해보기 위해서 사람들에게 자주 물어보기도 했다.

"치과 가서 크게 치료받은 적 있어?"

대답은 비슷했다. 예전에 몇 번 갔다 온 적 있다거나 이제 가야 할 것 같다며 요즘 치아가 안 좋다는 푸념을 한다. 정말 나는 치과를 가본 적이 없고 지금도 하나도 아픈 곳이 없다는 사람을 만나면 진지하게 박수를 쳐준다. 치아가 튼튼하다는 건 정말 큰 축복이니까. 만약 지금 글을 읽는 독자 중에서도 한 번도 치과에 간 적이 없으며 아픈 곳도 없다면 눈을 감고 잠시라도 감사해하길 권한다.

나도 몇 번 치아를 치료하느라 고생했었다. 치아에 구멍을 내는 소리와 마취약 특유의 냄새까지 치과는 어디 하나 반가운 구석이 없다. 일상생활에서 늘 먹고 씹으며 사용하는 치아는 여러 가지 이유로 다친다. 가장 중요한 것은 눈에 잘 보이지 않는다는 것이다. 가장 많이 사용하지만 눈에 쉽게 보이지 않는 곳. 마음도 그렇다.

우린 살아가면서 치아보다 마음을 훨씬 많이 사용한다. 누군가를 만나는 것. 누군가와 이별하는 것. 새로운 일을 시작하는 것. 감정을 표현하는 것. 모든 일은 다 마음을 사용해야만 할 수 있다. 대부분 무언가를 얻는 것보단 잃는 게 많은 삶을 살았을 것이다. 우리 마음에는 아프게 할 것들이 쌓여 있다. 심지어 가장 많이 사용하지만 치아보다 훨씬 더 들여다보기가 어렵다. 용기를 내서 내 마음을 들여다본다고 한들, 내 마음이 아프다는 신호를 보낸다고 한들, 치아가 아플 때 참던 것처럼 참게 된다. 금방 괜찮아질 거라며.

살다 보면 마음도 치과에 가는 날이 분명 온다. 잘 보이지 않는 곳에 괜찮을 거라며 넘어갔던 일들이 쌓여 한순간에 마음이 아파 올 수 있다. 얼마나 자주 그런 일이 일어날지는 알 수 없다. 치과에 가는 횟수가 사람마다 다른 것처럼. 어느 날 마음이 다쳐 치과에 가야 하는 날이 온다면 조금 편하게 생각했으면 좋겠다. 물론 치과를 가는 일은 몇 번 경험한 내게도 두려운 일이다. 하지만 자주 치과를 갔다 왔던 사람으로서 마음이 많이 아파봤던 사람으로서 해줄 수 있는 말은 하나다. 편히 생각하는 것. 두렵고, 무섭고, 힘들지만 그래도 언젠가는 한번 꼭 했어야 하는 일이라고. 작은 치아 틈 사이에 끼었던 것들이 치아를 아프게 했던 것처럼 마음도 한번은 이랬어야 했다고.

다녀오세요

아침 출근길에 보면 가끔 아파트를 청소해주시는 어머님을 만난다. 어머님들이 자주 바뀌시긴 하지만 유독 기억에 남는 분이 있다. 어디서 많이 뵌 것처럼 은근히 낯익은 얼굴. 늘 다정한 말투. 마치 원래 알고 지내던 분이 아닌가 착각이 들 정도로 다정하신 분. 일을 즐기면서 하시는 모습을 보면 덩달아 내 기분까지 좋아지게 만드는 분. 어머님이 왔다 가시면 아파트 전체가 뽀드득거리는 접시 같아진다.

어느 날 출근길에 어머님을 만났다. 안녕하세요. 서로 인사를 주고받았다. 어디 가냐는 물음에 출근하러 가는 길이라고 대답했다. 그러자 어머님이 그러셨다. 그래요? 다녀오세요. 나는 고개를 깊이 숙이고 돌아섰다.

짧고 짧은 대화였다. 그런데 출근하러 가는 길 내내 다녀오세요라는 말이 자꾸 맴도는 것이다. 표현할 수 없는 일렁거림이었다. 해변 위에 작은 모래성을 만들었는데 해일이 한 번에 덮쳐버린 기분. 그 부드러운 눈빛과 상냥한 말투. 내가 가는 목적지가 출근길이 아니더라도 심지어 마지막 여행일지라도 집에 돌아가야 할 것만 같았다. 갔다 오라는 말을 해본 적은 많지만 다녀오세요라는 말을 뱉어본 적은 없는 것 같다.

문을 열고 나가 다시 돌아오지 않았던 것들. 이별인지 몰랐지만 이별인 순간들. 시간이 필요해 보이던 사람. 모든 것에게 그 말을 뱉어볼 걸 그랬다. 화내지도 말고, 슬퍼하지도 말고 붙잡지도 말고 제발 좀 가라고 밀어내지도 말고 그냥, 그냥, 상냥한 말투와 다정한 눈빛으로 이야기해볼 걸 그랬다. 다녀오세요. 다녀오세요.

미래를 계획하는 일도 필요하지만

가장 중요한 것은

오늘을 후회 없이 사는 겁니다.

하고 싶은 일, 돈을 버는 일

처음 글이라는 걸 쓰게 된 건 스물한 살 때였다. 정확히 말하면 글로 감정을 표현하는 것을 배우고 연습하기 시작한 게 그때였다. 어릴 때 알 수 없는 끌림으로 시를 좋아했었다. 초등학교 때 시를 취미처럼 쓰기도 했고 어린 나이부터 시집을 읽기도 했었지만 제대로 쓰게 된 건 스물한 살 1월 6일이다. 당시 나는 학창 시절 꾸었던 꿈을 포기하고 새로운 꿈을 찾으려 방황하다가 마침 하고 싶은 일을 찾았다. 바로 음악이었다. 처음 글을 쓰게 된 건 작사 수업을 받으면서였다.

음악을 하기 위해서는 예술을 이해해야 했다. 예술을 이해한 다음에는 가사가 필요했고, 가사를 쓰기 위해서는 시놉시스를 써야 했다. 시놉시스를 쓰려면 내 속을 들여다볼 줄 알았어야 했다. 이런 과정을 통해 내 마음을 들여다보는 것과 글을 쓰는 것에 익숙해졌다.

예전에 음악 했었어요라는 말을 하면 싱어송라이터였냐는 질문을 받는다. 비슷한 맥락이긴 하지만 사람들이 생각하는 것과는 장르가 달랐다. 내가 하고 싶었던 음악은 힙합이었다. 길거리에서 탄생한 힙합이라는 문화가 좋았다. 특유의 그 거친 날 것 속에서 사랑을 말하는 노래를 듣자면 나도 꼭 만들어보고 싶어질 정도였다. 그러다 우연히 좋아하는 아티스트의 미니홈피에서 글 하나를 발견했다. 음악을 가르쳐준다는 내용이었다.

서둘러 전화를 걸었다. 그렇게 양재동에서 스물한 살 1월 6일 처음 글을 쓰게 됐다. 곰팡이 냄새가 가득하던 지하에서. 그때 만난 선생님은 첫 만남에 욕을 하셨다. 사십 분이나 늦었기 때문이다. 거의 평생을 촌에서만 살아와서 양재동이라는 곳을 처음 가봤다. 심지어 그 근처를 가본 적도 없었다. 우리 집에서 양재동까진 편도로 세 시간이 걸렸다. 처음 가는 초행길이니까 아무리 일찍 출발했어도 생각보다 늦게 도착했다. 덕분에 뵙자마자 혼났다. 그다음 바로 이런 말을 하셨다.

"어떻게 왔는지 모르겠지만 예술하고 싶으면 취미로 해라. 예술은 돈이 되지 않는다."

예술을 취미로 하러 온 건 아니었지만 일단은 주눅이 들었기 때문에 취미로 하려고 왔다고 거짓말을 했다. 그렇게 선생님 밑에서 오 년을 있었다. 오 년간 양재동, 학동, 건대, 선생님 집, 선생님 회사로 예술을 배우러 다녔다.

예술을 배운다는 게 누군가에게는 용납되지 않을 수 있지만 개인적인 생각으로는 배움이 필요한 영역이라고 본다. 그 대신 스스로 굳은 신념을 갖고 있는 상태에서 배워야 한다. 오 년을 선생님 밑에 있는 동안 중간에 이런 말씀도 하셨다.

"돈과 예술을 결합하면 하고 싶은 말을 마음껏 할 수 없다."

이해되는 말이었다. 한창 음악을 하던 그때는 아르바이트를 안 해본 게 없었으니까. 음악 하는 데 드는 돈이 생각보다 너무 많아서 일을 쉴 수가 없었다. 곧 자퇴하긴 했지만 대학교도 다니고 있어서 더 아르바이트를 쉴 수가 없었다. 공장, 주유소, 뷔페, 피시방 어디든 돈을 벌 수 있는 곳에서 일을 해야 했다. 그래야 음악을 할 수 있었고, 뱉고 싶은 말을 뱉을 수 있었다.

그렇게 오 년 넘게 지하에서 가사를 쓰고 노래를 부르다 음악을 포기했다. 여러 가지 이유가 있었지만 가장 큰 이유는 지쳐서였다. 몇 번의 성대 수술. 그리고 음악만 편하게 할 수 없는 삶. 나이가 들수록 책임져야 하는 게 많아지는 것. 모든 것을 받아들이기로 했다. 그렇게 음악을 그만두고 평범하게 일하며 살다가 도저히 참을 수 없어서 글을 쓰기 시작했다. 그렇게 다시 삼 년 동안 글을 쓰고 거리에 붙이고 있다.

음악을 하던 시절도 글을 쓰는 지금도 하고 싶은 일과 돈을 버는 일을 구분해서 살고 있다. 하고 싶은 일과 돈을 버는 일이 일치한다면 좋겠지만 그게 아니더라도 하고 싶은 일이 있는 삶은 행복하다. 물론 하고 싶은 일과 돈을 버는 일을 나눠서 하면 두 배로 피곤하지만 말이다. 그래도 확실한 건

돈에 구애받지 않으면 하고 싶은 일을 더 멋있게 할 수 있다. 최소한 하고 싶은 일이 직업이 됐을 때의 괴리감에서는 벗어날 수 있다.

이별이
힘든 이유

주변을 보면 이야기를 들어주는 사람과 이야기를 하는 사람으로 나뉜다. 이야기하는 것도 좋아하지만 힘들어 보이는 사람이 있다면 이야기를 들어주는 편이다. 가까운 사람들은 내가 어떻게 살아왔는지 알기 때문에 힘든 일이 있으면 무의식적으로 나를 찾아오고는 한다. 별다른 해답이 나오지 않더라도 아픔을 겪었던 내게 말을 꺼내는 것 자체만으로도 위로가 될 것 같다는 희망이라도 있는 것처럼.

섬세한 성격 탓에 힘든 일이 있지만 힘들다고 말하지 못하는 사람이 내 눈에 보이기도 한다. 그럼 무심한 척 말을 툭툭 던진다. 무슨 일 있냐며 낚시하듯 말을 끼워 던지다 보면 이따금 아픔이 걸려 나온다.

슬퍼 보이던 친구에게 걸려 나왔던 아픔은 이별이었다. 여자친구와 엊그제 헤어졌다고 했다. 너무 힘든데 무엇 때문에 힘든지 모르겠다며 힘들어서 죽을 것 같다는 말을 했다. 말라 죽어가는 듯한 친구를 보면서 이별했던 순간들이 떠올랐다. 많은 이별을 겪지만 이별 중에서 가장 아픈 건 사랑하는 것과의 이별이다. 더 범위를 좁히자면 사랑하는 사람과의 이별.

함께한 시간이 한순간에 끝났다는 허무함. 떠나가고 떠나보내야 하는 사람에 대한 미움. 좋았던 시간의 그리움. 머리는 잊어야 한다고 말하지만 마음은 어떻게든 매달리라고 말하는 비참함. 믿었고 사랑했던 것에 대한 배신감. 그 순간이 지나면 다신 보지 못한다는 현실. 이 모든 것이 한순간에 느껴지기 때문에 이별은 늘 힘들다.

아름답게
멈추는 법

"혹시 성함이?"

"박근호입니다."

"아, 안녕하세요."

어색한 첫인사를 시작으로 목공을 배웠던 적이 있다. 어릴 때부터 손으로 만드는 건 뭐든지 다 좋아했다. 발명왕 경시대회 같은 게 있으면 열심히 발명품을 만들어 참가하기도 했었다. 별다른 기억이 나질 않는 걸로 봐서는 입상하진 못했던 것 같다. 그때 만들었던 만득이 장난감 참 귀여웠는데 아쉽다.

어른들이 나무를 좋아하는 게 이해 안 됐었는데 나이가 들수록 나무가 좋아졌다. 손으로 만드는 것도 좋아하고, 나무도 좋아하고, 심지어 나중에 작업실을 갖게 된다면 직접 가구를 만들고 싶은 욕심도 있다. 무리해서 토요일 아침 수업을 신청했다.

토요일 아침에 일찍 일어난다는 건 정말 곤욕이었다. 첫 수업은 무슨 정신으로 갔는지 기억도 안 날 만큼 비몽사몽이었다. 도착한 곳은 내가 생각한 그런 곳이 아니었다. 거칠고 상남자 냄새가 물씬 풍기는 어디 외곽 별장 같은 곳이 아니었다. 아파트 일 층이었다. 큰 집을 개조해서 작업실 겸 주거공간으로 사용하고 있었다. 고양이 두 마리도 있고, 따뜻한 사모님이 인사를 해주시고, 옆에서는 페인트 수업도 하고 있었다. 건너편 주방에는 모카포트로 내린 커피가 있었고 다른 수업을 듣는 어머님이 빵을 나눠주기도 하는 그런 곳. 사람 냄새 나는 곳.

느린 노래들을 들으며 목공을 배우는 일은 정말 즐거웠다. 마음이 차분해지는 기분이었다. 나중에 아이를 낳았는데 정신 사나울 정도로 집중을 못 한다면 목공을 배우게 하고 싶을 정도다. 수업을 받다 보면 가끔 여기저기서 외마디 탄

식이 들린다.

"아!"

그 소리가 들리면 두 가지 중에 하나다. 나무가 깨졌거나, 얼룩이 졌거나. 가구를 튼튼하게 만들어주는 나사도 너무 조이면 나무가 부러지더라. 나는 무조건 꽉 조여야 좋은 줄 알았다. 나무에 아름다운 색을 입히기 위해 칠하는 스테인도 계속 덧칠하다 보면 어느새 얼룩이 생기더라. 그것도 많이 바르면 좋은 줄 알았다. 멈춰야 하는데 멈추지 못한 까닭에 나무가 부러지고 얼룩이 지는 것이다.

항상 멈추는 것은 어렵다. 술을 1차에서 끝내는 것. 상대방은 나를 사랑하지 않는다고 느꼈을 때 그만 멈추는 것. 어느 정도 성과를 내고 있거나 열심히 살았다 싶으면 멈추고 싶은 것. 어렵고도 어렵지만 어쩌면 다가가는 것보다 멈추는 것이 더 필요할지도 모른다.

한 번만 더 덧칠하면 예뻐질 거라 생각했는데 얼룩이 졌다. 나사를 조금만 더 조이면 튼튼해지지 않을까 했는데 나무가 부러졌다. 두 배를 더 한다고 두 배가 더 좋은 게 아니

더라. 한 발짝 다가가는 것보다 아름답게 멈추는 방법 또한
필요하다.

행복할 날

아끼는 동생이 갑자기 연락 두절됐다. 메시지를 보내도 답장이 없었다. 전화해볼까 고민했지만 혼자 있고 싶은 것 같아 기다리기로 했다. 그가 혼자만의 시간을 가진 지 한참이 지나서 연락이 왔다. 너무 힘든 나날을 보냈다고 했다. 그 동생의 직업도 작가였는데 타인의 관심을 받아야 하는 삶이 힘들었고, 집안에 안 좋은 일도 생겼으며, 진행하기로 한 계약도 문제가 생겨서 숨어버렸다고 털어놓았다.

그러고 싶을 땐 숨어도 된다며 위로해줬다. 누군가와 사소한 대화를 주고받는 것도 마음에 공간이 있어야 가능하다. 너무 아플 땐 마음이 아픔으로 가득 차기 때문에 대화조차 쉽게 나눌 수 없다.

행복은 몰아서 오는 경우가 드물지만 아픔은 몰아서 오는 경우가 많다. 그게 정말 몰아서 오는 것인지 아니면 내가 지쳐 있기 때문에 모든 게 힘든 것처럼 느껴지는 것인지는 모르겠으나 견딜 수 없이 힘들 때가 있다는 건 확실하다.

나는 알고 있다. 겉으로는 강인해 보이지만 이 친구 마음은 누구보다 여리다는 것을. 겉으로 강해 보이는 사람들이 오히려 더 아프다는 것을. 겉으로 좋아 보이는 삶은 속이 곪아 있다는 것을. 조금 더 안아주고 싶어서 옆에 있던 종이 위에 꾹꾹 눌러썼다.

너무 걱정하고 괴로워하지 않기를.
살았던 날보다
살아갈 날이 명백히 많이 남았다.
괴로웠던 날보다
행복할 날 역시 많이 남았다.

사소하지 않은
사소함

아침 일찍 나갔다가 새벽이 돼서 집으로 돌아왔다. 집에는 적막함이 가득했고 분리수거해야 할 물건들이 쌓여 있었다. 아침에 급하게 올려놨던 물컵도 그 위치에 그대로 있었다. 쌓여 있는 재활용품이, 그대로 있는 컵이 서러웠다. 사소한 일이 버겁고 서러울 때가 있다.

반면에 행복도 사소한 일로 느껴진다. 생각 없이 들른 식당이 너무 맛있었고, 오랜만에 만난 사람과 나눈 대화가 너무 재밌었고, 우연히 들은 노래가 무척 좋아 누군가에게 알려주고 싶기도 했다. 사소하다고 생각했던 것이 몹시 슬프게 만들기도, 무척 행복하게 만들기도 한다.

사소한 것은 사소하지 않은 경우가 많다.

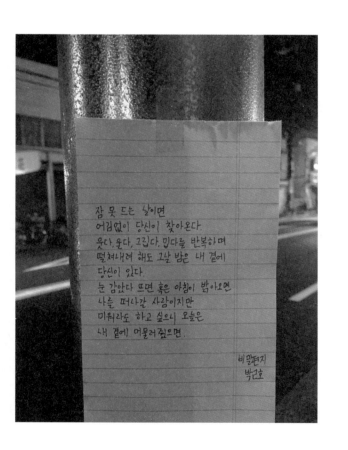

잠 못 드는 날이면
어김없이 당신이 찾아온다.
웃다. 울다. 그립다. 밉다를 반복하며
떨쳐내려 해도 그날 밤은 내 곁에
당신이 있다.
눈 감았다 뜨면 혹은 아침이 밝아오면
나른 떠나갈 사람이지만
미워라도 하고 싶으니 오늘은
내 곁에 머물러짐으면.

비 맞편지
박근호

나이가 들수록 어려운 것

사랑을 무척 하고 싶다가도 문득 이런 생각을 한다.
나이가 들수록
친구들 만나서 밥 한번 먹기도 힘든데
하물며 사랑하는 사람을 만나는 일이란
오죽 어려울까.

마주 앉아
이야기해보면

　연남동에 들렀다. 연남동에 작은 서점이 있는데 그곳에서 아는 작가님 전시회가 있었다. 전시회를 보러 간 김에 여러 사람을 만났다. 작가님도 만났고 전시회를 주최한 친구들도 만났다. 내게 별일이 있었던 건 아니지만 삶이 그다지 즐겁진 않았었다. 그동안 무엇 때문에 열심히 살았을까 고민되기도 했고, 딱히 눈에 보이지 않는 결과들 때문에 살짝 지쳐 있었다.

　그런데 만나는 사람마다 다 행복해 보였다. 전시회를 연 작가님도 행복해 보였고, 전시회를 뒤에서 도와주고 있는 친구들도 행복해 보였다. 자신이 하고 싶은 일을 하고 있었고 결과도 나오고 있었으니까.

　전시회가 끝나고 조촐한 뒤풀이가 열렸다. 할 일이 많아서 집에 갈까 고민했지만 오랜만에 만난 사람들이라 조금 더 남기로 했다. 뒤풀이에는 밀물처럼 몰려들었던 사람 중 몇몇만 남아 있었다. 가볍게 맥주를 마시며 대화를 나눴다. 시답잖은 농담을 주고받았고 뒤풀이에 참석한 낯선 사람들을 위해 서로를 소개하는 시간도 가졌다. 시간이 늦어지자 한두 명씩 집에 가야 한다며 자리를 일어났다. 어차피 오늘 뭘 하긴 글렀으니 막차 시간까지 있기로 마음먹고 좀 더 앉아 있었다. 사람들이 돌아가고 우리끼리 이야기를 나누자 대화가 좀 더 깊어지고 솔직해졌다.

고민이 있다며 한두 명씩 이야기를 털어놓기 시작했다. 작품을 만들었던 작가님은 전시회가 끝나면 이 큰 작품을 어디에다 둬야 할지 걱정했다. 앞으로 어떻게 먹고살아야 할지도 걱정된다며 우울한 표정을 지었다. 전시회를 열어준 친구들도 이야기를 꺼냈다. 며칠 전에 아끼던 팀원 하나가 회사를 나갔단다. 회사에서 큰 역할을 하고 있던 친구라 그 빈자리가 크게 느껴진다며 만남과 이별에 지쳐 보였다. 잡고 싶었는데 떠난 친구의 선택을 존중해주기로 했다며 착잡한 표정으로 맥주를 마셨다.

마냥 행복해 보이는 사람도 마주 앉아 이야기를 나누다 보면 알게 된다. 걱정과 고민이 가득하다는 것을. 지금 내 글을 읽고 있는 독자도 이 글을 쓴 나도 모두 걱정과 고민이 가득하다. 걱정은 깊이를 나눌 수가 없다. 나에게는 별거 아닌 일이 누군가에겐 죽고 싶을 만큼 힘든 일일 수도 있다. 대부분 사람은 힘들다는 이야기를 잘 꺼내지 못한다. 행복하고 자랑할 만한 것은 언제든 이야기할 수 있지만 슬프고 힘들고 우울한 것은 이야기할 곳이 마땅치 않다. 용기 내서 힘들다고 이야기하는 시간은 꼭 필요하다. 용기가 부족하다면 술 한잔 마시며 이야기해도 좋으니 힘들다는 건 꼭 털어놔야 한다. 막차 시간까지 앉아 있었던 덕분에 마냥 행복해 보이던 사람들의 뒷모습도 볼 수 있었다. 내 이야기도 조금 털어놓을 수 있었다.

우린 다 각자의 걱정으로 가득 차 있지만 그래도 열심히 살아가고 있다.

중요한 것은 열심히 살아가고 있다는 것이다.

우울한 얼굴이 어울리지 않는 그대.

힘들면 힘들다고 이야기하며 살아도 괜찮다.

힘들었던 만큼 언젠가 꼭 행복해진다.

우린
얼마나 많이

친구 어머님과 카페에서 마주쳤다. 우리 아들 자주 보냐는 이야기를 시작으로 어머님과 몇 마디를 나누고 나는 다시 글을 썼다. 어머님도 같이 오신 지인과 대화를 나누기 시작하셨다. 원래 하려던 일을 하고 있을 때쯤 어머님이 넌지시 말을 건네셨다. 며칠 전 아들에게 마우스가 필요하다는 이야기를 하셨단다. 그다음 말이 중요했다.

"사실 그 마우스 내가 가서 사도 되는 거거든. 근데 마우스 핑계로 한번 보려고 그랬더니 글쎄 내가 집에 없을 때 마우스만 사다놓고 가버렸어."

이야기를 듣자 마음이 덜컥 내려앉았다. 그 작은 물건에 그런 뜻이 있었다니. 딱딱하고도 딱딱한 마우스가 말랑하게 느껴졌다. 어머님과 같이 살던 친구는 올해 독립했다. 나이도 서른이 다 되어가고 있었고 안정적인 직장을 얻자 자연스럽게 독립했다. 만약 누군가 나에게 그런 부탁을 했다면 나도 정말 물건만 사다줬을지도 모른다. 그게 가족이든 여자친구든 친구든 정말 물건 그 자체가 필요하다고만 생각했을 것이다.

한편으로는 어머님의 마음도 이해가 됐다. 마음을 직설적으로 표현하는 일은 늘 어렵다. 어머님도 어머님만의 방법이 필요하셨을 것이다.

이따금 감정은 대신 전달해줄 무언가가 필요하다. 미안하다는 말을 건네고 싶은데 말하지 못해 편지를 쓴다든가. 마음을 표현하고 싶은데 표현하지 못해 술 마시고 용기를 낸다든가. 사랑한다. 보고 싶다. 미안하다. 그립다. 정확히 표현 못 해도 우린 각자의 방식으로 마음을 표현한다. 모두 다 닿으면 좋으련만 나에게서 떨어진 어떤 감정은 허공을 맴돌다 사장되는 경우가 있다.

어쩌면 작은 마우스도 닿지 못한 표현의 하나일지 모른다. 아니, 닿지 못한 마음일지도 모른다. 우린 얼마나 많이 마음을 놓쳤을까. 나에게서 떠난 마음은 얼마나 많이 상대에게 닿지 못했을까.

잊을 수 없는
말

누구나 마음속에 잊지 못하는 것이 있다. 어떤 순간이든 어떤 말이든 어떤 시간이든. 나에게도 잊지 못할 말이 있다. 물론 사랑하는 사람이 남겼던 유언을 잊지 않고 있다. 누군가의 유언도 아니고 소름 돋을 정도로 멋있게 읽었던 시도 아니지만 잊지 못하는 말. 어떤 낯선 사람의 한마디였다.

허리가 뻐근하다 못해 신경이 콕콕 아픈 느낌이 들어 병원을 찾았던 적이 있다. 오랫동안 서서 일하기도 했고 예전에 운동할 때 온몸의 근육이 뭉치듯 아팠던 기억이 있어서 검사를 받고 싶었다. 입원 수속을 밟고 엠알아이를 찍었다. 검사 결과가 나왔는데 오히려 허리 디스크가 건강하다는 결과가 나왔다. 몇 번인지 자세히 기억나진 않지만 디스크 하나가 아주 살짝 흐려 보이는데 이 정도는 정상이라며 며칠 쉬고 그때도 계속 아프면 디스크 주사를 생각해보라고 했다.

어차피 일도 며칠 쉬기로 한 거 그냥 쉬기로 했다. 아침에 일어나서 정해진 시간에 꼬박꼬박 물리치료를 받았다. 허리가 아파도 나가서 뛰고 싶을 만큼 따분하게 누워만 있었다. 매일 바쁘게 살다가 누워만 있게 되니까 벌을 받는 기분이었다. 삼 일쯤 있었나. 딱히 다친 곳도 없고 디스크 주사를 맞기엔 너무 건강한 것 같아서 퇴원하려고 퇴원 수속을 밟았다. 그리고는 마지막 물리치료를 받으러 치료실로 내려갔다.

여러 명의 물리치료사가 있지만 같은 시간에 가면 대부분 비슷한 사람들이 있다. 한 번도 사적인 대화를 나눠본 적 없지만 몇 번 봤던 분이 치료를 해주셨다. 가만히 치료를 받다가 처음으로 질문했다.

"간단한 팔굽혀펴기 같은 운동은 언제쯤 해도 될까요?"

정말 알고 싶었다. 병원에 입원하기 전에도 신경이 아픈 느낌이라 운동을 거의 하지 못했더니 스트레스가 머리끝까지 쌓여 있었다. 심지어 해야 하는 일도 많은데 병원에 누워 있었더니 더 미칠 것 같았다. 운동이라도 해야 조금은 숨을 쉴 수 있을 것 같았다. 일주일? 한 달? 보통 이런 몸 상태면 언제쯤 가능하다는 이야기가 나올 줄 알았는데 전혀 다른 대답이 들려왔다.

"많이 답답하시죠?"

어떻게 아셨을까. 내 목소리에 답답함이라도 담겨 있었던 것일까. 물리치료 기계에 마음을 읽는 기능이라도 있는 것일까. 그 말을 듣자마자 덩치가 큰 사람이 머리부터 발끝까지 안아주는 느낌이 들었다. 일말의 고민도 없이 그렇다고 대답했다. 그 뒤로 우린 몇 마디를 나눴지만 많이 답답하냐는 한마디 때문에 아무것도 기억나질 않는다.

단순히 운동을 못 해서 답답한 것뿐만 아니라 해야 할 일을 두고 쉬어야 하는 것도 답답했다. 쉬어도 마음 편히 쉴 수 없는 게 답답했고 그렇게 열심히 살아도 나아지지 않는 삶 역시 답답했다. 모든 답답함을 그 한마디가 어루만져주는 것 같았다. 치료를 마치고 별 탈 없이 퇴원했다. 한의원도 가 보고 여기저기 알아보니 그때 허리가 왜 아팠는지 알게 됐다.

어깨. 목. 허리. 다리. 근육이 뭉칠 수 있는 곳은 다 뭉쳐서 그런 탓이었다. 시간을 내서라도 조금씩 쉬어주고 꾸준히 스트레칭 했더니 이제는 아무런 통증이 없다.

많이 답답하냐는 말을 건네준 사람의 얼굴은 잘 기억나지 않는다. 다만, 많은 사람이 잠든 시간에 조금 더 나은 삶을 살아보겠다고 아등바등할 때면. 스트레칭 할 기력도 없이 잠든 날이 반복돼 다시 온몸이 부서질 것처럼 뻐근할 때면. 이렇다 할 결과물이 눈앞에 보이지 않아 마음이 지칠 때면 차분하고 따뜻한 목소리가 귓가에 맴돈다.

"많이 답답하시죠?"

당신과 나

문득 떠나고 싶어서 여행지를 찾아보다

사막에 가고 싶어졌다.

한 번도 가본 적 없는 곳.

내가 알고 있는 사막의 사진을 하나둘 찾아본다.

한 여자가

사막 위에 휑하니 서 있는 사진이 유독 눈에 들어온다.

여자의 표정은 지쳐 보인다.

어디가 끝인지 알 수 없는 사막을 보며 허탈해하고 있다.

그런데 그녀 뒤에는 무수히 많은 발자국이 찍혀 있었다.

내 모습 같았고. 당신 모습 같았고. 우리 모습 같았다.

열심히 살아왔지만 살아온 삶보다는

갈 곳만을 바라보며 지쳐 있는 모습이.

무형 약국의
처방전

　삼 년째 거리에 글을 붙이고 꼬박꼬박 올리는 나를 보면서 어떤 분이 그런 말씀을 하셨다. 아플 때 찾는 무형의 약국 같다고. 칭찬을 듣는다는 것만으로도 기분 좋은데 표현 자체가 너무 멋있었다. 무형의 약국이라. 한참을 곱씹었다.

　내 이야기와 내가 느낀 것을 글로 다듬어 많은 사람 앞에 내놓는 삶을 선택했다. 평범해 보이지 않는 선택 뒤에는 평범하지 않은 삶을 살았던 과거가 있다. 마치 팔자라는 게 정해져 있는 듯 평범하게 살고 싶어도 그렇게 살지 못하는 사람들이 있다.

　나는 완벽히 그랬다. 어릴 때 내 꿈이 평범해지는 것이었으니까. 대부분 나 같은 사람들이 남들과 다른 선택을 한다고 생각한다.

평범하지 않은 삶을 돌아보면 기쁨과 행복보다는 고통이나 결핍과 더 어울렸다. 남들이 먹지 못하는 귀하고 맛있는 음식을 먹는 삶이 아니라 남들보다 한참을 먹지 못했던 삶. 서른이 넘거나 운 좋으면 마흔이 넘어서 겪어도 될 일을 목소리가 굵어지기 전에 겪는 삶.

처음 책을 준비할 때도 가장 애를 먹었던 부분은 슬픔을 줄이는 일이었다. 깊은 곳에 숨어 있는 아픔은 항상 예술을 할 때마다 튀어나와 고스란히 묻어났다. 그 깊이가 너무 깊어서 사람들이 내 글로 인해 다시 한 번 슬퍼질 것만 같았다. 물론 슬퍼져도 괜찮지만 따뜻하게 슬퍼야지 우울하게 슬픈 건 별로라고 생각한다. 치열하게 살았던 이유도 그런 이유였다. 딴생각이 들지 않게 열심히 살아야 조금 살만했다. 눕자마자 잠들 때까지 나를 혹사시키면 악몽을 꾸지 않는다. 그런 논리였다.

그래서 운동을 했고, 음악을, 글을 그렇게 미친 듯이 썼다. 작은 그릇에 음식을 가득 담으면 넘치는 것처럼 사람 마음에도 정량이 있다. 사랑한다는 것이 마음에 넘치면 우린 사랑한다는 말을 입 밖으로 뱉는다. 하지만 힘들다는 것이 마음에 넘치면 정말 사람이 미친다. 밝은 감정이 넘치는 것과는 확연히 다른 결과를 초래한다. 운동을 하지 않았고 음악을 하지 않았고 글을 쓰지 않았다면 나는 죽었을 것이다.

그때보다 지금 마음도 훨씬 강해졌고 삶도 많이 행복해졌다. 힘든 걸 잘 이겨낸 결과지만 그때로 돌아간다면 나에게 해주고 싶은 말이 있다. 슬픔을 덜어내지 말라고 말해주고 싶다. 아픔도 덜어내지 말라고 말해주고 싶다. 나는 그것을 가지고 있는 게 너무 아파서 덜어내고 싶었다. 한순간에 떨치고 싶었다. 근데 깊은 슬픔일수록 깊은 아픔일수록 덜어내는 것은 불가능하다. 마음에 아주 작은 크기로 존재하고 있더라도 그 무게는 우리가 들 수 없을 만큼 무겁다. 그 어떤 것으로 지우려고 해도 지워지지 않을 만큼 강하게 칠해져 있을 가능성이 농후하다. 그 때문에 아무리 술을 마시면서 힘들어하고 누군가에게 털어놔도 잠깐 시원할 뿐 다시 아파지는 것이다. 덜어지는 것이 아니기 때문에.

덜어내려고 애써도 떨어지지 않았는데 나와 비슷한 삶을 살았던 예술가들의 음악을 들으며 천천히 녹였다. 몇십만

자가 넘는 글자에 슬픔을 조금씩 녹였더니 이제 살만해졌다. 아니 최소한 예전보다는 덜 죽고 싶어졌다.

아픔은 천천히 녹여야 한다. 덜어내서 어디에 두려 하지 말고 그냥 그 자리에 둔 상태로 천천히, 조금씩. 억지로 덜어내려고 하는 순간 오히려 상처가 더 깊게 난다. 깊은 아픔과 마주하는 날이 온다면 덜어내려고 애쓰기보다는 조금씩 녹이길 바란다. 조금씩, 천천히 아픔을 녹이다 조금씩, 천천히 행복해지는 거야.

그리고, 말하다

부모라는
이름

가족 여행을 다녀왔다. 제주도를 한 번도 못 가봤다는 아빠의 말에 급하게 준비한 여행이었다. 가족이라고 해봐야 몇 명 되지 않지만 조카가 생긴 덕분에 조금 더 북적거릴 수 있었다. 모든 일정의 중심은 아빠였다. 누나와 따로 이야기 나누진 않았지만 서로 암묵적으로 동의했다. 우린 멀리 떠나기도 해보고 좋은 음식도 많이 먹어봤으니 최대한 아빠한테 맞추자.

이 모습은 어릴 때 부모님이 우리를 대하던 자세와 비슷하다. 아무것도 몰랐던 내 곁에는 항상 아빠가 있었다. 놀잇거리라고는 오락실밖에 없던 시절. 그곳에는 정말 무서운 형들이 많았다. 게임을 이겼다고 꿀밤을 때리거나 주머니가 두

툼해 보이면 돈을 뺏기도 했다. 오락실에 갈 때면 아빠 손을 잡았다. 그때의 나에겐 그게 가장 큰 행복이었다. 한없이 손목이 얇았던 나는 아빠와 함께해야 모든 게 안전했다.

지금은 내가 그런 역할을 하고 있다. 당연한 일이지만 슬프고 또 슬픈 건 어쩔 수 없는 일. 가장 커다란 존재가 조금씩 약해지는 모습을 바라보는 건 아름다운 일이 아니니까. 비행기를 몇십 년 만에 타본다고 했다. 시간이 너무 많이 흘렀다는 생각과 함께 그동안 너무 많은 것을 삭제했다는 생각이 들었다. 지금 누리고 있는 많은 것은 한 사람의 희생으로 비롯된 것일 텐데. 어떤 날은 내가 열심히 살아서 이뤄냈다는 오만을 품었다. 그래서 나는 비행기를 타고 그렇게 멀리 성큼 떠났지만 한 사람은 몇십 년 만에 비행기를 타는 것이었다.

많은 곳을 돌아다니진 않았다. 그래도 우린 가족이라 성향이 비슷했으니 바다를 보고 맛있는 것을 먹는 거로 족했다. 여행에서 가장 진하게 남았던 모습은 비행기를 탄다며 신나하던 그 와중에도 나를 걱정해주던 모습이 아니라 한 음식점에서였다.

조카를 안고 있는 아빠에게 누나가 사진을 찍어주겠다
고 했는데 아빠의 대답이 예상과 달랐다. "이젠 진짜 늙어서
사진 찍기 싫더라."

아빠가 그런 생각을 하고 있는지는 정말 꿈에도 몰랐다.
내 생각에는 아빠 나이 정도 되면 많은 것을 받아들일 거라
고 생각했는데 그렇지 않은 모습을 보자 한 대 맞은 기분이
었다. 생각해보면 이상한 일은 아니다. 나는 지금 내 나이가
되면 엄청난 것을 이뤘을 거라 생각했는데 사실 갓 스무 살
이 되던 해와 지금 별로 다를 게 없으니 말이다.

아빠도 나처럼 늙기 싫어하고 아기를 보면 좋아하는 사
람이었다. 그렇다면 나처럼 많이 불안하고 나처럼 많이 방황
하는 사람일 텐데. 많이 슬프고 가끔 행복할 텐데. 부모라는
이름을 가졌다는 이유만으로 너무 많은 것을 당연하게 여겼
는지도 모른다는 생각을 했다. 미안하다는 말을 하고 싶었는
데 미안하다는 말조차 하지 못했다. 할 수 있는 건 아빠가 가
고 싶어 하는 곳을 조용히 따라가는 것이었다. 날씨는 맑고

바람은 시원하고 그토록 오고 싶어 하던 제주에 함께 왔다.

모든 게 완벽한 날이었지만 자꾸 눈물이 났다.

사랑의 분배

　　며칠 전에 들었던 가장 인상 깊었던 말이 있다. "영양제 챙겨 먹다가 배부른 날이 온다." 아, 어쩌면 좋을까. 왜 이걸 이해하고 웃어버렸는지. 모르는 척하고 싶었지만 요즘 너무 많은 업무와 자아실현 사이에서 허덕이다 며칠 전 영양제를 주문했다. 피로 회복에 좋다기에 하나 사고 눈은 원래 안 좋았으니까 하나 사고. 이건 또 세일한다고 해서 하나 사고. 처음 보는 건데 성분이 좋아 보여서 하나 사고. 그러다 보니 정말 약을 먹을 때마다 배가 부르다는 느낌을 받는다.

　　엊그제 글을 쓰다 밤을 새웠는데 한 사흘 정도 컨디션이 돌아오지 않아서 애를 썼다. 인정하기 싫지만 몸이 조금씩 늙어가고 있다는 게 느껴진다. 물론 정신은 육체를 지배할 수 있다고 믿으며 몸을 여전히 괴롭히긴 한다. 나이가 한 살 한 살 들면서 몸뿐만 아니라 삶을 받아들이는 마음 또한 변했다. 특히 가장 많이 바뀌는 건 사랑이었다.

어릴 때 사랑은 뜨거워도 너무 뜨겁다. 이별하고 나면 차라리 죽는 게 나을 만큼 버겁고 사랑을 위해서 그 먼 시간을 성큼 걸었다. 그땐 모든 게 뜨겁게 느껴지는 나이였으니 사랑은 오죽했을까. 아직 경험이 많지 않은 삶에 찾아온 그것은 너무 매혹적이고 강렬하며 또한 부드럽고 아름답다. 전부인 것은 어쩌면 당연하다. 실로 지난 시간을 돌아보면 그때 거의 모든 대화는 사랑에 관련된 이야기였다.

하지만 어느 날 영양제가 늘어나는 것처럼 아픈 일이 잦아지면서 사랑의 중요성은 조금씩 떨어진다. 거리에 지나가는 사람을 다 붙잡고 지난 사랑이 어땠냐고 물어본다면 무조건 행복했다고 말하는 사람은 아무도 없을 것이다. 사랑하는 사람이 준 상처는 늘 오래 남는 법이니 아무리 좋았던 기억이 많아도 여전히 아픈 구석이 있을 수밖에 없는 게 사랑. 그리하여 점점 나를 아프게 하는 사람보단 아프지 않은 것을 향유하며 나이와 함께 넓어진 시야로 사랑을 분배하기 시작한다.

예전엔 여자친구가 전부였다면 지금은 여행을. 그리고 가족과 함께하는 시간의 아름다움으로 사랑은 분배됐다. 이건 그냥 너무 당연한 일이다. 어느 날 영양제가 늘어나게 된 것처럼 말이다. 연애를 못 하는 이유도 이 때문인지도 모르겠다. 지금 내 삶은 편안함과 안락함을 추구하고 사랑 역시 그렇게 분배되기 시작했는데 여전히 나는 절절한 사람을 찾고 있으니 말이다. 모든 환경은 다 변했지만 마음은 부적응하고 있달까. 어른아이처럼.

어쩌면 너무 큰 바람을 가지고 사는지도 모른다. 그런 사랑을 할 수 있는 시기는 이미 지났을지도 모르니까. 동이 조금씩 트고 있는 아침. 눈을 비비며 소란스럽게 생각해본다. 너무 큰 욕심일지도 모르는 이 부적응을 가능한 한 오래 유지하고 싶다. 나는 한 사람을 만나러 성큼 먼 길을 떠나고 이별하면 차라리 죽고 싶을 만큼 힘든 사랑이 좋다. 너무 뜨거워 당장 소멸하더라도 나를 움직이게 하는 사랑이 좋다.

언제까지나 그런 사랑을 찾아 나설 것이다.

다정한 울음

강원도에 살던 시절 우리 마을은 제주도 마을이라고 불렸다. 원래는 섬처럼 떨어져 있었는데 땅을 메꾸면서 마을이 됐다는 이유로 그렇게 불렸단다. 이사를 다녀도 그 마을 안에서만 이사를 다녔다. 한 번도 집이 넓거나 높았던 적은 없었으나 그래도 시골답게 작은 마당이 하나쯤은 있었다. 그곳에서 늘 강아지를 키웠다. 가장 처음으로 키웠던 강아지는 아롱이였다. 풀어놓고 키웠는데 어떻게 탈출했는지 옆집에서 키우는 닭을 잡아먹어서 아버지가 연신 사과하러 다니던 기억이 있다.

그 일이 있고 나서 얼마 지나지 않아 아롱이는 죽었다. 지나가던 차에 치여서. 그때 내 나이가 아홉 살이었나 일곱

살이었나. 죽음이 뭔지도 몰랐던 나는 아롱이가 죽었다는 이야기를 듣자마자 이상하게 손이 허전했다. 손끝으로 전해지던 그 거친 털과 따뜻함. 머리를 만질 때면 눈을 마주치던 그모습. 털이 얼굴을 다 덮어서 조금만 보이던 눈. 그게 너무보고 싶었다.

얼마 지나지 않아 마을에서 당신이 떠났다. 그 기억은한 번도 흐려진 적 없이 너무 선명하다. 그해 나는 열한 살이었다. 당신이 떠나고 이 년이나 있다가 김포로 올라왔는데사이 시간이 잘 기억나지 않는다. 밥을 잘 챙겨 먹지 않았다는 것과 그때부터 친구들과 싸움을 많이 했다는 것. 학교가끝나면 선생님께서 남으라고 하는 날이 많아지기 시작했고시를 더 좋아하게 됐다.

시를 좋아했던 건 좋은 기억 때문이었을 것이다. 숙제로글을 써 갔는데 선생님이 백일장을 추천해줬다. 나는 집으로뛰어가 당신에게 숨 한 번 안 끊고 자랑을 했다. 학교에서 몇명만 뽑혀서 가는 거라고. 선생님이 시 잘 쓴다고 이야기하면서 엄청 웃어주셨다고. 당신이 싸준 김밥을 들고 어느 잔

디에 앉아 시를 썼다. 그때 너무 충격적이었던 건 모두가 다 어른과 함께 왔다는 것이었다. 어떻게 써야 하는지 헷갈리는 나와 다르게 다들 어른의 도움을 받아 척척 해나가고 있었다. 그 사실을 말하진 않았다. 그 시간에 돈을 벌러 나간 당신 마음을 번지게 하고 싶진 않았다.

그렇게 죽음과 삶이 공존하던 마을에서 많은 사람이 이별했다. 나는 경기도 김포로. 건너편 살던 형석이네는 재개발이 되지 않았다는 이유로 그 자리에, 뒷집 살던 아저씨 아줌마는 더 깊은 시골로 떠났다고 했다. 그리고 사 년 뒤 소식 하나를 들었다. 당신이 죽었단다. 그때 난 제대로 울지도 못했다. 여전히 죽는다는 게 무엇인지 몰랐으니까. 당신을 배웅하러 영등포에서 기차를 타고 먼 곳으로 내려갔다. 태어나서 한 번도 가본 적이 없는 곳.

누가 그려놓은 것처럼 참 맑던 날에 당신을 보냈다. 내게 아버지처럼 살지 말라는 마지막 말로 당신은 영원히 어떤 강을 건넜다. 매번 터져 있던 내 얼굴이 그날 이후로는 부은 적이 없다. 성인이 된 이후엔 뺨에 있던 사 센티나 되는 흉터부터 제거했다. 흉터를 제거하는 방법은 내 생각과는 달랐다. 무언가 특별한 방법이 있을 것만 같았는데 주변 살을 깎아서 파인 곳과 평평하게 맞추는 거였다. 당신이 떠난 이후로 십구 년째 노래를 만들고 시를 쓰고 글을 쓰는데 도대체왜 이 흉터는 깎이지 않는 것일까.

죽음을 가장 나중에 알려줘야 하는 사람이 뼈가 채 붙지도 않은 아이에게 죽음을 알려주었다. 그 뒤로 나는 사랑하는 사람들에게 너무 미안하지만 자주 죽음을 생각한다. 삶은너무도 덧없다는 걸 당신이 내게 알려주었으니까. 망원동에그 작은 곳을 꽃밭으로 가득 메우고 글자로 가득 채우고 무덤을 만들어 나 같은 사람들을 위해 살지 않으면 나는 이제사는 이유가 없는 괴물이 되었다. 세상에 태어난 사람은 모두 자기만의 역할이 있을 텐데 나는 왜 관객이 될 수 없는 것일까. 나도 이 무덤에 놀러 와 쓸 기억이 없어서 펜을 내려놓고 싶은데 나는 왜 이 무덤을 만들어야만 살아갈 수 있는 사람이 된 것일까.

당신이 내게 너무 다정했기 때문이다. 한 번도 나를 제대로 혼낸 적이 없었으며 평생 한 번도 해보지 않았을 공놀이를 나와 함께 해주었기 때문이다. 어릴 때부터 늘 궁금한 게 많았던 내가 한 번에 대여섯 가지를 물어봐도 짜증 한 번 내지 않고 끝까지 천천히 알려주었기 때문이다. 그래서 나는 당신과 함께 살았던 날보다 함께 살지 못한 날이 더 많은데 그 시간이 부끄러운 적도 원망스러웠던 적도 없었다. 당신은 내게 너무 다정한 사람이었으니까. 할 수만 있다면 과거로 돌아가 딱 한 번만 보고 싶다. 당신 뒷모습을 바라보며 다정하게 울고 싶다.

온갖 애칭으로 서로를 부르다가
죽도록 서로를 미워할지도 모르지.
허나 너무 많은 것을 생각하진 마.
사랑 안에 있을 땐 훗날 어떻게 되더라도
할 수 있는 모든 걸 다해야 해.
이별이 있더라도 사랑은 언제나 아름다우니까.

다 지나간다

사람들은 모두 울고 싶어 해. 한 달에 며칠, 일 년에 몇십 번씩. 어떤 사람은 집에서 울지만 누군가는 거리를 걸으며 몰래 울어야 하지. 돈이 없어서, 연인이 바람을 피워서, 내가 나를 사랑하지 않아서, 엄마가 없어서, 시험에 떨어져서, 불안할 정도로 행복해서, 이유도 없이 슬퍼서 그래서 울어. 행복과 슬픔은 모두 얼굴에서 보이지. 좋은 일이 있어 보인다는 말에 웃어 보일 수는 있으나 슬퍼 보인다는 말에 아무 앞에서나 울 수 없어. 어떨 땐 울음이 약점이 되니까. 지구가 지옥 같다고 말하면 나도 그렇게 느낀다는 대답만 돌아오니까.

상처는 쌓여서 흉터가 되고 멍이 되고 겹이 되지. 도려

내지도 못하고 덮지도 못하고 사는 거야. 더 좋은 삶을 살고 싶은 마음이 강한 사람일수록 덮어두고 싶은 기억이 많은 사람일수록 쉽게 무너져. 하루가 어떻게 흘러가는지도 모를 정도로 움직이던 그 힘은 과거에서 비롯된 경우가 많으니까. 아픔이 뭔지 알아서 돌아가게 될까 봐 그렇게 움직인 거니까. 이렇게 마음이 엉망인 날에는 모든 게 다 공허하지. 괜찮을 거라는 뻔한 말도 소용없어.

당신은 얼마큼 견디고 있을까. 당장이라도 주저앉고 싶은 마음을 숨기고 어디로 가야 할까. 어느 쪽으로 걸어야 희망을 볼 수 있을까. 이렇게 출구 없는 감정에 빠진 날이면 오히려 모든 것을 깨끗하게 치워. 그리고는 좋아하는 옷을 입고 말끔한 모습으로 거리를 걷는 거지. 아름다운 것들을 생각해야 해. 누군가의 얼굴이거나 향기거나 꿈꾸는 삶이거나 담벼락에 핀 능소화여도 좋아. 사라져버리고 싶은 지금이지만 조금이라도 멀리 봐야 해. 누군가와 대화도 필요하지 않아. 그냥 잠깐이라도 살고 싶어지는 노래를 들으며 중얼거리면 되는 거야. 다 지나간다. 다 지나간다.

소중한 사람들

"아이고 형님, 안녕하십니까." 낯선 세 사람에게서 들은 첫말이었다. 이정현. 오휘명. 김해찬. 박근호. 이 네 사람은 어느 산 근처에서 만났다. 한 출판사에서 공동집필 책을 쓰고 싶다며 우리를 모았다. 나중에 알게 된 이야기지만 나를 빼고 나머지는 다 구면이었단다. 모든 걸 혼자 하는 게 익숙했던 나는 일뿐만 아니라 작업까지 혼자 하는 게 편했다. 딱히 특별한 이유가 있었던 건 아니었지만 함께하자는 말을 들었을 때 나도 모르게 알겠다는 답장을 했다.

처음 다 같이 만나는 날이니까 함께 산을 타고 근처 학생들이 많이 놀러 오는 곳에서 하루 머물자는 이유로 산 아래에서 만났다. 근데 웬걸, 산이 높아도 너무 높은 게 아닌가. 진짜 어느 먼 나라에 한 서른 시간을 가야만 만날 수 있는, 모든 병을 낫게 하는 약초가 숨어 있는 전설의 산 같았다. 우린 만나자마자 인사를 하고 포기를 했다. 도저히 올라갈 수 없는 산을 같이 본 거로 만족했다. 시장에 들러 먹을 걸 사고 바로 숙소로 향했다.

학생들이 많이 오는 곳이라 그런가. 티브이도 없고 컴퓨터도 없고 오로지 사람과 나무만 있는 곳이었다. 덕분에 우린 그날 무척 많은 이야기를 나눴다. 어떤 영화 하나로 한 시간을 이야기하기도 했고 서로가 가진 어두운 면도 거리낌 없이 교환했다. 그때 아마 처음 느꼈던 것 같다. 취향이 맞는 사람을 만나는 것이 얼마나 중요한지. 같은 업을 하고 있는 사람들이 동료로 있다는 기분이 어떤 건지 말이다.

그날 이후로 우린 더욱 자주 만났다. 술을 마시고 같이 카페를 차리고 같은 책을 썼다. 암실이라는 이름도 지었다. 밝고 아름다운 것들이 때로는 어두운 곳에서 나오기도 한다는 생각에서 지은 이름이었다. 하지만 영원히 자주 만날 것 같던 우리는 조금씩 서로 다른 길을 걷기 시작했다. 각자 너무나 개성이 뚜렷한 사람들이었다. 누군가의 의견을 듣기보다는 주체적으로 삶을 살아가고 싶어 하는 사람들이었으니 그만큼 세상을 이해하는 시선이 다를 수밖에 없었다.

해찬이는 사업을 한다며 얼굴을 보는 날이 많이 줄어들었고 정현이는 원래 먼저 다가오는 법이 별로 없는 아이라 먼저 연락을 하지 않는 이상 만나기 힘들었다. 그래도 휘명이랑은 자주 봤다. 같이 작업실을 구하고 지금도 매일 함께 생존을 논하고 있다. 시간이 흐르고 흘러 이들 중 한 명이라도 등지고 살아가게 된다면 그땐 무슨 기분일까. 많은 관계가 그렇듯 조금씩 소원해지다가 이유 없이 멀어진다면 어떤 기분일까. 아니면 너무 좋아서 같은 것을 하다가 얼굴을 붉히면 어떻게 될까.

이제는 이 친구들과 무엇을 하기 전에 두려운 것이 많은 사이가 됐다. 사랑하는 관계라 그렇겠지.

우리의 미래는 어떻게 흘러갈지 하나도 알 수 없지만 한 가지만은 확실하다. 나는 이 세 사람과 함께하면서 배웠다. 함께하는 것의 행복과 함께하는 것의 아픔을 말이다. 곁에 소중한 사람을 두고 살아가다 보면 언젠가 분명히 알게 될 이야기들.

여행

저는 교토에 있습니다. 늦은 봄이지요. 아껴두고 아껴두었던 마을에 덜컥 와버렸습니다. 사랑이 떠나서 사랑을 찾으러. 과거를 지우고 햇빛을 담으러요. 어쩌면 이국에 무덤이 있는 것도 나쁘지 않겠다는 몹쓸 생각도 조금 품고 왔습니다. 날씨 한번 좋네요. 이울어도 만개해도 꽃은 아름답다는 한때의 문장처럼 이곳은 온통 분홍빛입니다.

나는 그런 사람이에요. 한 나라가, 한 동네가 마음에 들면 계속 가는 사람. 어떤 음식이 너무 맛있으면 며칠이고 그것만 먹는 사람. 그럼에도 질려 하지 않는 사람. 허나 가끔은 모든 것을 버리고 정반대로 달려가고 싶은 이상한 사람. 꽃과 음식 그리고 물이 있는 마을입니다. 나는 나를 안아주는 것들을 좋아해요. 근사한 사람의 체온도 좋지만 모였다 흩어지는 자연 또한 낭만적입니다.

우리의 첫 여행은 언제였을까요. 모든 게 너무 밝게만 느껴져서 할 수 있는 거라고는 우는 것밖에 없던 날. 생일이라고 불리는 그날이 첫 여행이었을까요. 아니면 봉숭아 물들듯 사랑이 스며들었던 그때일까요. 한 가지 변하지 않는 게 있습니다. 우린 여행 중이라는 거죠. 삶을 사랑을 한 사람을 꿈을 미래를 과거를 말이죠.

마음은 조금 비워도 좋겠다는 생각을 합니다. 가볍게 짐을 꾸려도 좋겠다는 생각도 합니다. 거리를 함께 걸었던 사람이 약속 장소에 나타나지 않아도 그럴 수 있어요. 낯선 나라잖아요. 가고 싶은 곳이 마침 오늘 쉬는 날이어도 괜찮습니다. 어딘가에 더 아름다운 곳이 기다리고 있을 테니까요. 단, 너무 많이 망설이면 안 돼요. 걷지 않는 이상 어디에도 닿을 수 없을 테니까요. 어쩌면 여행이 끝나고 집으로 돌아가 번잡한 책상을 치우고 몇 문장을 적을지도 모르겠습니다.

여행은 나에게 알려주었습니다. 하고 싶은 것이 있다면 지금 해야 한다는 것과 지나간 것을 아쉬워하지 말자고요.

사랑 같은 것

사랑의 가장 큰 속성은 예측 불가능이다. 언제 찾아온다고 한 번도 일러준 적이 없었으며 언제 떠나겠다고 몰래 속삭인 적도 없다. 아닌 줄 알았는데 지나가고 나서야 남은 자국을 보며 사랑인가 싶었던 날들. 가끔 다른 감정의 모습을 하고 나타나서 쉽사리 눈치 챌 수도 없는 것. 언제 어디서 어떻게. 사랑만큼은 아무것도 추측할 수 없다.

오랜만에 비였다. 그날 저녁 당신은 내가 있는 곳으로 오겠다고 했다. 별다른 이유가 있었던 건 아니다. 저녁이나 같이 먹자는 이유에서였다. 어차피 내릴 비라면 시원하게 내렸으면 좋겠다고 생각하고 있는데 약속 장소에 도착할 때쯤 모든 것을 지울 듯 비가 내리고 있었다. 차에 있는 우산 하나

들고 카페에 도착했다.

언제나 그렇듯 주머니에서 책을 꺼내 읽으며 시간을 보냈다. 이렇게 멋진 글을 쓰는 사람들도 글 쓰는 게 두려웠을 때가 있었을까. 그렇다면 어떻게 극복했을까. 언제까지 글을 쓰며 살아갈 수 있을까. 고민으로 머리가 가득 찰 때쯤 마음이 풀려 몇 가지 메모를 하고 있었다. 그때 당신이 내 앞에 나타났다. 기다리겠다는 사람을 두고 마저 글을 썼다.

처음으로 우산을 같이 썼던 그날, 비가 너무 많이 오고 있었지만 우산은 하나였으므로 우리는 가까이 걸을 수밖에 없었다. 오른쪽으로 우산을 기울이며 괜찮다는 말만 했다. 어느 날 내가 적었던 글처럼 왼쪽 어깨가 얼마나 젖는지도 모르고. 눈에 보이는 아무 식당에 들어가 음식을 시키자 그제야 몸이 추워지기 시작했다. 옷이 얼마나 젖었는지 또한 그때 알 수 있었다. 무슨 향수를 쓰냐고 당신이 물었다. 자주 뿌리던 향수였는데 내게 물어보는 건 처음이었다. 잔향을 맡을 정도로 우린 가깝게 걸었다.

이야기는 꼬리에 꼬리를 물었다. 둘 사이에 침묵이 흐르면 전화기를 보기보다는 어떤 말이라도 꺼내려고 노력하는 사람. 입이 짧아서 음식을 많이 먹진 않지만 맛있게 먹는 사람. 자주 슬퍼하고 슬픈 만큼 많이 우는 사람. 너는 그런 사람이었다. 집으로 돌아가기엔 너무 이른 시간이었고 밖에는 여전히 비가 내리고 있었다. 우린 만났던 곳으로 돌아가 적당한 이야기와 함께 각자 할 일을 했다.

자주 가던 그 카페가 마감하는 시간까지 앉아 있었던 건 처음이었다. 이젠 집으로 돌아가야 할 시간이었다. 더 늦은 시간까지 함께하기엔 이유가 충분하지 않았다. 짐을 싸고 나와 조심히 가라는 인사와 함께 헤어졌다. 비가 내리지 않기에 우산을 접고 주차장으로 향했다. 듣고 싶은 노래를 몇 개 고르고 운전대를 잡자 그제야 느껴졌다. 어느새 왼쪽 어깨가 다 말라 있었다는 것을. 굳이 말리려 하지 않았는데 이젠 추운 줄도 몰랐는데 마치 햇빛에 말린 것처럼 좋은 냄새가 났다. 무엇이 우리를 데웠던 걸까. 단순히 체온이었을까. 아니면 사랑 같은 걸까.

내 사랑

'내 아내의 모든 것'이라는 영화가 있다. 임수정, 이선균, 류승룡이 나오는. 이선균은 결혼생활이 마음에 들지 않지만 이혼하자는 말을 꺼내지 못하는 사람이다. 그런 그가 생각해 낸 건 류승룡이라는 카사노바에게 자기 아내의 모든 것을 알려주면서 아내를 유혹해달라고 부탁하는 것이었다. 그럼 아내가 먼저 헤어지자고 할 테니까. 이렇게 글로 쓰다 보니까 굉장히 열 받는 영화처럼 보이지만 막상 그렇지는 않다.

임수정은 영화 마지막에 라디오를 녹음하면서 이런 말을 한다. "살다 보면 말이 없어져요. 한 사람과 오래될수록 더 그렇죠. 서로를 다 안다고 생각하니까 굳이 할 말이 없어지는 거예요. 근데 거기서부터 오해가 생겨요. 사람 속은 모르는 거잖아요. 그러니까, 계속 말을 시키세요. 말하기 힘들 땐 믹서기를 돌리는 거예요. 청소기도 괜찮고 세탁기도 괜찮아요. 그냥 내 주변 공간을 침묵이 잡아먹게 만들지 마세요. 살아 있는 집에서는 어떻게든 소리가 나요."

너의 집에서 같은 감정을 느꼈다. 처음 너의 집에 갔을 때 나를 맞이해준 건 오래된 적막과 침묵이었다. 창틀에 쌓인 먼지처럼 아주 오랜 시간 천천히 쌓인 듯한. 너의 집은 하얗고 깨끗했으며 넓었다. 하지만 어떤 소리도 없었다. 생활이 주는 익숙한 냄새 또한 없었다. 그날 처음으로 궁금했다. 너는 얼마큼 외로울까. 자주 슬펐을까. 그럴 땐 무엇을 했을까. 너는 외로울 때면 오히려 더 혼자 있는다고 했다. 글을 쓰거나 책을 읽는다고, 때론 음악을 듣는다고 했다. 내가 상처를 대하는 방식과 같았다.

그런 우리는 사랑을 시작했다. 비슷한 상처를 가지고 같은 방식으로 세상을 바라보던 우리. 섬광처럼 시작된 사랑의 이야기. 내가 너의 남자친구가 됐을 때 가장 중요하게 생각한 건 너의 집에 소리가 머무르게 하는 것이었다. 웃음소리. 음식을 하는 소리. 대화 소리. 의자를 끌고 식탁 위에 젓가락을 내려놓는 소리. 노랫소리보단 숨소리가, 책장을 넘기는 소리는 하나가 아닌 둘이었으면 했다. 소리가 날 때 일어나는 미묘한 파동이 집 안 곳곳에 묻었으면 했다. 그리하여 너의 집에서 살림의 냄새가 생활의 냄새가 느껴졌으면 했다. 그 소리들이 미련이 되어 너를 세상에 오래 붙들었으면. 이런 나의 행동들은 하나의 말과 같았다. 아프지 마, 아프지 마.

나는 외로움은 잘 못 느끼는 사람이라고 생각하며 살았다. 자주 고독하긴 했으나 외로운 적은 거의 없었다. 그런데 이상하게 너를 만나는 날이면 말이 많아졌다. 아주 외로웠던 아이처럼. 너 역시 그랬다. 종일 말을 하고 혼자 있고 싶을 때도 나를 만나면 뭉친 하루를 풀어냈다. 그런 모습을 보면서 우리 참 외로웠구나. 너무 많은 것을 견디며 살았구나 싶었다.

너의 이야기를 듣는 게 좋다. 너에게 말할 수 없는 것까지 말하게 되는 내 모습도 좋다. 오래도록 너의 소리를 듣고 싶다. 적막이, 침묵이, 외로움이 너를 감싸지 않게 할 것이다. 나란히 누워 이야기를 나누다 같이 잠들자. 네가 먼저 잠든 날이면 너의 머리를 쓰다듬다 조용히 말할 거야. 외롭지 마, 외롭지 마, 내 사랑.

가고 싶은 곳도 없으면서
어딘가로 가고 싶지.
보고 싶은 얼굴도 없으면서
누군가 괜히 그리워.
외로운 걸까, 고독한 걸까.
모르겠을 땐 그냥 떠나는 거야.
떠오르는 얼굴이 있다면
그 사람이 그리웠던 거고
아무것도 떠오르지 않는다면
내가 나에게 대화를 신청한 거야.

조카에게

안녕, 연서야. 나의 조카. 나는 내가 삼촌이 될지 몰랐어. 너무 많은 것을 사랑하고 지키느라 동시에 너무 많은 것에 등을 돌렸거든. 너는 여름에 태어났지. 그날은 그해에 가장 더운 날이었단다. 심지어 가장 뜨거운 시간이었어. 삼촌은 내가 태어난 시간을 몰라. 해가 질 때쯤이라는 사실만 알고 있을 뿐이야. 근데 조카가 태어난 시간은 기억할 수 있어서 얼마나 좋았는지 모른다. 수술실에 우리 누나 이름이 적혀 있었어. 잊으면 안 돼. 너의 엄마는 누군가에게 누나라는 사실을. 너의 엄마는 누군가에게 딸이고 누군가의 아내라는 것 또한.

삼촌은 그러지 못했거든. 아빠를 아빠로만 봤지. 누나를 누나로 보고 엄마를 엄마로만 봤어. 서른이 다 돼서야 아주 조금 알게 됐는데 지난 시간 속 내 모습이 얼마나 밉던지. 할 수만 있다면 돌아가 무릎을 꿇고 싶었단다.

네가 태어나고 많은 것이 변했어. 삼촌은 신기한 능력이 생겼단다. 아이 옷 사이즈가 어떻게 되는지, 다 똑같게만 보이던 아이들이 몇 살인지 구분되기 시작했지. 우리 가족은 연서 덕분에 몇십 년 만에 함께 웃을 수 있었어. 하늘에서 내려온 천사를 실제로 본 기분이랄까.

네가 태어나고 삶의 굴레에 대해서 다시 생각하게 됐단다. 누나도 한여름에 태어났는데 우리 조카도 한여름에 태어났다는 사실. 며칠 전에 알게 됐는데 어릴 때 누나가 엄마 곁에서 그렇게 떨어지기 싫어했대. 근데 연서야 지금 네가 엄마 곁에서 절대 떨어지려고 하지 않더구나. 너의 엄마가 태어났을 땐 먹고사는 게 너무 힘들어서 돌잔치도 못 해줬대. 근데 다음 달이면 연서가 돌잔치를 하는데 누나는 무슨 생각을 할까. 어떻게 태어난 계절도 똑같을까. 어릴 때 모습도 똑같을까. 신은 아니 삶은 이런 모습을 통해 나와 누나에게 무엇을 알려주려는 것일까.

삼촌은 삶을 포기하고 싶은 순간이 많았어. 산다는 것에 별 미련이 없었거든. 네가 태어나고 나서는 그런 생각을 했어. 세상에 없는 삼촌이 궁금해졌을 때 엄마에게 질문하겠지? 삼촌은 어떤 사람이었냐고. 그럼 나의 누나는 잠시 침묵할 거야. 그 침묵이 아파서 여전히 미련 없는 삶에 머물고 있단다. 그런 존재야 너는. 태어난 사실만으로도 한 사람의 삶을 바꿔놓은. 너무 산산이 흩어진 것들을 가족이라는 이름으로 묶어준 사람이란다.

지금 너의 얼굴을 보면 불안이나 아픔이 보이지 않아. 어떤 건조함도 보이지 않고 오직 축복만이 가득하지. 함께 있으면 내가 너무 죄인이 된 것처럼 맑은 아이. 우리 연서. 사랑하는 나의 조카. 이렇게 천사 같은 우리 조카에게도 시간이 흐르고 흘러 사는 게 너무 버거울 때가 찾아오겠지? 그때 네가 태어났다는 사실 하나만으로도 살고 싶은 사람이 여럿이었다는 사실을 잊으면 안 돼. 삼촌은 너를 껴안고 걸을 때 비로소 깨달았거든. 지구가 숨을 쉬고 있다는 사실을 말이야. 그만큼 가치 있는 사람이야 너는. 잊으면 안 돼.

돌아설 수 있는 사람

예전엔 SNS에 자주 비밀편지를 검색했다. 그냥 내가 거리에 붙인 걸 누가 보기는 하는 걸까? 하는 생각이었다. 글이 좋다거나 감동적이라는 이야기는 안 해도 누가 읽는다는 사실만 알아도 좋을 것 같았다. 작업하다 보면 과연 이 종이가 얼마나 살아 있을까, 싶을 때가 많다. 새벽에 붙일 땐 환경미화원분들이 쓰레기를 치우고 계셔서 가로등 뒤에 숨어 있었던 적도 많다. 붙이면 그냥 확 떼서 같이 가져가실까 봐. 근데 그게 그분들의 일이니까 속상해하지도 못할 것 같아서 종이 뭉치를 한 손에 들고 숨어 있었다.

그러던 어느 날 한 분이 내가 쓴 종이를 들고 사진을 찍으셨다. 내용을 천천히 읽어보니 누군가 매장 문 앞에 붙여놓고 갔다는 것이다. 위치는 홍대 쪽. 홍대에 갔었나? 새벽이라 너무 졸려서 헷갈리는 건가.

영업하는 곳은 한 번도 붙인 적이 없는데 잘못 봤나? 오만가지 생각을 해봤지만 아무래도 내가 한 건 아닌 것 같았다. 나는 그런 곳에 들른 적이 없다. 내가 쓴 모든 글과 작업했던 위치를 다 기억하고 있다.

결정적으로 그렇게 느낀 건 글의 내용이었다. 잊어야 하는 사람을 잊지 못하는 글이었는데 마치 그분은 누가 붙였는지 알고 있는 것 같았다. 나의 바람처럼 비밀편지는 정말 비밀편지가 되고 있었다. 사람은 누구나 다 이야기하고 싶어 한다. 어떤 사람은 직접적으로 말하고 어떤 사람은 나처럼 편지를 쓴다. 어느 게 더 좋은 거라고 할 수는 없지만 우린 계속 자기만의 언어로 세상과 이야기한다는 사실은 변하지 않는다. 종이로 대신 마음을 표현한 사람의 심정을 이해했다.

한때, 용서를 구하기 위해서 매일 편지를 보낸 적이 있다. 그다지 잘못한 건 없었지만 미안하다고 하면 엉킨 게 풀릴 것만 같았다. 말은 전할 수 없었으므로 선택할 수 있는 건 편

우리가 만나기로 약속했다면
당신은 며칠 전부터 옷을 고민할지 모릅니다.

머리를 묶을까, 풀까
한참을 고민할 수도 있죠.
그 손길까지도 사랑합니다.
사랑하는 이에게 예뻐보이고 싶은
그 마음이요.
사랑할 구석이 또 늘었습니다.

비밀편지
박근호

지뿐이었다. 십 분이 걸리는 거리를 걸으며 희망을 품었다. 어쩌면 다시 웃을 수 있을지도 모른다는 헛된 희망이었다. 희망이 있었으므로 한겨울에도 얇게 입고 다녔다. 편지를 넣으러 가는 길에 그것을 가져갔다는 사실에 안도하고 돈을 벌러 나갔다. 편지는 쌓이고 쌓여 사랑이 됐다가 다시 이별이 됐다. 무슨 말을 썼는지 기억도 안 날만큼 시간이 지난 지금. 그때의 내가 조금 안쓰럽기는 하나 어쩔 수 없는 일이다.

구차하지 않게 사랑하는 방법 따윈 모른다. 사랑 앞에서 용감해지는 것만큼 때론 비겁해진다. 속 좁은 사람처럼 보일까 봐 끙끙 앓다가 결국엔 말하고 마는 그런 것. 그래도 최소한 내 마음에는 솔직했다. 두 사람이 가까워지면 마음이 겹치고 겹쳐 종이 하나가 된다. 그 종이 위에 때로는 사랑이 쓰이고 때로는 이별이 적힌다. 어떤 문장이든 마지막 마침표를 찍었을 때 모든 것이 소멸하는 쪽은 자신의 감정에 솔직했던 사람이다.

뒷모습

카메라를 샀다. 사진작가님께 추천받아서 산 작은 카메라였다. 무거우면 생각보다 더 안 들고 다니게 된다며 가벼운 걸 골라주셨다. 한마디 덧붙이면서. "큰 카메라로 사람을 찍으려고 하면 거부감을 가져요. 작은 건 상대적으로 덜 거부합니다."

사실 어디서든 사람의 표정을 찍은 적이 거의 없다. 나에게 사진을 찍으러 가는 건 침묵을 위한 여정이었다. 필요 이상으로 말하고 너무 계산적으로 살고 있다고 느껴질 때 떠난다. 혼자 걸으며 외로움에게 말을 거는 것. 살고 싶은 모습을 꿈꾸다 떠난 곳이 그리울 때까지 돌아가지 않는 것. 너를 용서하다가 너에게 미안하다고 수십 번 말한다. 그것이 내 여행의 전부다. 그런 성향인 나는 "사진을 찍어도 괜찮을까요?"라는 말 대신 뒷모습을 선택한다.

누군가의 등을 본 적이 있는가. 얼마큼, 자주. 등을 본다는 것은 그 사람보다 내가 뒤에 있다는 뜻이다. 한발 느리다는 것이며 한 발만큼 물러서 있다는 것인 동시에 조금 기다리겠다는 자세다. 어쩌면 이해의 또 다른 말. 사람을 미워했었다. 물론 애정이 있어야 미움도 가능한 것이니 동시에 나는 그들을 사랑했다.

가까운 사람이 미울 땐 보통 감정보다 훨씬 깊다. 관계에 사랑이 더해지면 더 많이 믿고 더 많이 속상하니까. 안 봐도 되는 사이라면 그냥 고개를 돌리겠지만 그럴 수 없는 사람이라면 뒷모습을 생각한다. 한없이 야윈 그 뒷모습을. 외로워 보이는. 한 번도 뒷모습이 슬프지 않은 사람을 본 적이 없다.

인생을 전력 질주하듯 뛰다 보면 우린 자주 뒤를 돌아보고 싶어 한다. 내가 어디로 가고 있는지 얼마큼 걸어온 것인지 잊기 때문이다. 그때야 우린 겨우 멈춰 뒤를 바라본다. 어떤 이는 아무것도 없다며 절망하고 어떤 이는 그래도 많이 왔다며 숨 한번 고르고 다시 달려간다. 앞을 보는 것만이 꼭 방향은 아니다.

내가 잘못 살고 있는 것처럼 느껴질 때면, 한 사람이 죽도록 미울 때면 뒷모습을 생각한다. 때로는 너무 많은 표정이 우리 뒤에 있다.

당신, 어떻게 살고 있어요?

새로운 사랑을 시작했다는 이야기는 들었어요.

여행 다녀왔다는 것도요.

괜찮나요, 이번 사랑은. 덜 아픈가요.

말하지 않아도 이해해주나요.

듣고 싶은 말이 많네요. 하고 싶은 말도요.

이 모든 걸 다 전할 수 없으니

우리를 이별이라고 부르는 거겠죠. 안녕, 안녕.

혼자서도
잘하는 사람

주변 사람들에게 나는 늘 혼자서도 잘하는 사람이었다. 혼자 이겨내야 하는 게 많았던 어린 시절의 습관이었다. 도 와달라는 말을 해본 적이 거의 없다. 방법도 모른다. 어떻게 해야 하는 건지, 어떤 말로 도움을 요청해야 하는 건지. 누 군가가 나를 구해줬으면 좋겠다고 간절히 바라던 순간에 아 무도 내 앞에 나타난 적이 없었다. 혼자 무엇을 해내는 게 그 리 낯선 일이 아닌 건 어쩌면 당연할지도 모른다.

근데 세상에 그런 사람이 어딨겠는가. 아무런 고통 없이 혼자 뚝딱 다 잘해내는 사람. 못하는 게 없는 사람. 모든 결 과에는 과정이 있는데, 혼자서도 잘하는 것처럼 보이는 사람 뒤에는 얼마나 많은 외로움이 있었을까. 경제적 여유가 조금씩 생기고 더 건강해지고 더 경험이 쌓이면서 이런 모습은 더 굳어졌다. 근호니까 잘할 거야, 근호 형은 걱정 안 해도 돼. 물론 고마운 말이다. 내가 그만큼 듬직하게 보인다는 거니까.

저번에는 친한 동생과 이야기 나누다가 오래 고민하던 문제를 털어놓았다. 그런데 그 동생이 그러는 거 아닌가. "형도 그런 고민 하는구나." 그럼, 이라는 말로 대화를 이어갔지만 기분이 씁쓸한 건 어쩔 수 없는 일이었다. 집으로 돌아가는 길, 삶이라는 게 정말 혼자 해야 하는 일처럼 느꼈다.

아버지는 자신의 삶의 모든 비극을 본인 탓으로 돌리셨다. 그리하여 젊은 나이에 또래 아버지들과 달리 빨리 힘이라는 것이 사라지셨다. 그런 아버지가 무거운 물건을 들 때면 항상 내가 대신 들려고 했다. 그때마다 정말 무거운 게 아니면 괜찮다는 말씀을 하신다. 느릿느릿 짐을 품에 안고 걸으시면서도. 낚아채듯 뺏어서 들지만 그 마음을 어렴풋이 이해할 수 있을 것 같았다.

사람은, 사랑하는 사람에게 유용한 존재이고 싶어 한다. 무거운 걸 덜컥 들어주는. 힘들 때 어깨를 내어주는. 아버지한테 이것 좀 도와달라는 말을 했을 때 그렇게 빨리 내게 걸어오신 건 그런 마음이지 않을까. 내가, 너에게 도움을 줄 수 있다는 기쁨. 이 모습이 참 슬픈 건 나는 그냥 도와달라는 말을 하지 못하는 것뿐이라는 거다. 정말 도움이 필요할 때 아무도 내 곁에 있어주지 않아서 그냥 상처가 된 것뿐인데.

요즘은 도와달라는 말 건네기 연습을 하고 있다. 어쩌면 그 말이 사실 나도 힘들 때가 있다는 뜻이자 당신은 나에게 중요한 존재라는 표현이 되지 않을까 하면서.

삶의 정답

처음 비밀편지를 쓸 때 이야기다. 작사하면서 이쪽에 발을 들였던 나한테는 스승님이 계셨다. 친절하신 분은 아니었으나 배울 게 많은 분이었다. 매주 산문을 하나 썼다. 선생님 마음에 들면 다시 줄이고 넣을 걸 넣어서 가사로 바꾼다. 일주일에 글 하나씩. 그 생활을 오 년이나 했다. 전부라고 생각했던 음악이 어쩌면 내 길이 아닐지도 모른다는 걸 깨닫고 돌아섰을 때. 그때의 절망은 아직도 자욱하다. 엄마가 사라진 것 같은 기분이었다.

평범하게 일하면서 지내던 어느 날. 도저히 그것만으로는 충족이 되지 않아서 차선책으로 선택했던 일이 있다. 라디오 광고, 기업 홍보 문구, 관공서에 필요한 글을 매력적으로 써

떠난 너는 다른 이름으로 내게 온다.
그때 왜 그랬을까라는 미움으로
그땐 좋았다는 낡은 행복으로
한순간에 끝났다는 허무함으로
물리적인 이별을 했을 뿐
한 처도 떠난 적 없는 사람아.

주는 거였다. 비슷한 목적을 가진 사람들과 모임을 만들어 서로 쓴 글을 봐주기도 했다. 나름 재밌긴 했으나 한계가 명확했다. 내가 표현하고 싶은 대로 마음껏 표현할 수 없다는 것. 나에게 돈을 주고 의뢰한 고객이 있었으니까. 그런 표현의 갈망은 나를 또 다른 길로 안내했다. 외국인과 대화하고 싶어서 자연스레 그 나라 언어를 공부하게 되는 것처럼.

그렇게 시작한 게 비밀편지다. 이름을 정하고 거리에 글을 붙였다. 그다음에 한 일은 친한 사람들에게 글을 보여주는 거였다. 반응이 궁금했다. 지난 시절 동안 내가 만든 걸 대중에게 보여주진 못해도 누군가에게 보여주고 이야기 나누는 건 익숙했으니까. 근데 내 글을 본 사람 중에 한 명이 갑자기 이런 말을 하는 게 아닌가.

"이 글은 어떤 말도 하지 않는 게 더 좋을 것 같아요. 쓰고 싶은 대로 써야 더 좋은 글이 될 것 같습니다."
그날 이후로는 누구에게도 글을 검사 맡듯 보여준 적이 없다.

어쩌면 나에게 그 말을 했던 사람은 그런 말을 했다는 것조

차 기억하지 못할 수도 있다. 하지만 나한테 그 문장은 오랫동안 약이 되고 밥이 되어주었다. 정답은 언제나 내 안에 있다는 오랜 나의 생각을 믿어주는 말 같았으니까. 글쓰기 수업이 끝나면 마지막 글을 읽고 아무런 말도 하지 않는다. 그 대신 이 이야기를 전하며 누군가의 눈빛을 신경 쓰지 말고 꾸준히 썼으면 좋겠다는 말을 한다. 세상을 구성하는 모든 건 답이 없다. 사랑도 삶도 글쓰기도 어느 것도 말이다. 정답 없는 삶 속에 그나마 해답이 있다면 그건 언제나 내 안에 있을 것이다.

호텔 건너편 발코니에는 빨래가 노을을 흠뻑 머금고 붉은 종잇장처럼 흔들리고 르누아르를 흉내낸 그림 속에는 소녀가 발레복을 입고 백합처럼 죽어가는데

호텔 앞에는 병이 들고도 꽃을 피우는 장미가 서 있으니 오늘은 조금 우울해도 좋아
장미에 든 병의 향기가 저녁 공기를 앓게 하니 오늘은 조금 우울해도 좋아**

허수경 시인의 시다. 멀리 갈 때면 항상 시집 몇 권을 챙겨간다. 주머니에 하나 씩 넣고 걷고 멈추며 한 권을 읽는 것. 그것이 나에겐 가장 큰 사치이자 행복이다. 떠난다는 건

마음이 아프다는 뜻이다. 아픈 날에는 시가 잘 읽혔다. 삿포로에서 오타루로 가는 길. 그곳은 너무 화려하다는 생각이 들어 지나오는 길에 스친 동네로 가고 싶었다. 이름 모를 역에서 반대편으로 가는 기차를 기다리다 이 시를 읽었다. 문득 호텔로 돌아가고 싶다가 돌아가야 할 곳이 호텔이 아닌 집이었으면 좋겠다고 생각했다. 고향. 정말 나의 집. 나도 흩날리는 눈발 하나에 지나지 않는다고 생각할 때면 이 시를 자주 복용한다.

사람들에게 말한 적이 거의 없지만 나에겐 저주가 하나 있다. 마음에 어떤 방이 있는데 그곳으로 기억이 들어오면 절대 밖으로 나가지 않는다. 무슨 말이냐면 슬픔이든 아름다움이든 기쁨이든 내 마음 끝에 닿으면 절대 지워지지 않는다는 것이다. 만약 대화하다가 어떤 표정 하나가 그 문을 열고 들어오면 평생 빠져나가지 않는다.

문제는 이런 기억이 너무 많다. 마치 짧은 영상이 몇백 개쯤 있는 느낌이다. 중요한 건 내 의지와는 상관없이 자꾸 재생된다는 것. 갑자기 머리를 감다가 옛 친구가 나에게 짓던 표정이 떠올라 슬퍼진다. 밥을 먹다가 혼자 제사상을 차리던 나를 보는 누나가 생각나서 마음이 저린다. 대개 이런 감정은 슬픔을 유발한다. 영원한 건 없는 것처럼 이미 지난 것들이 떠오르기 때문.

글쓰기에는 참 좋은 삶이다. 소재가 머릿속에서 계속 제공되는 거니까. 근데 한 인생으로 바라보면 저주라고 부르고 싶을 만큼 괴롭다. 이런 모습을 아무에게도 말한 적이 없다. 예술 한다고 모든 것을 서정적으로 바라보는 사람을 굉장히 싫어하는 나로서는 사람들 앞에선 건강한 모습을 자주 보였다. 그리고 집으로 돌아가는 길 세상 모든 걸 슬프게 바라봤다. 혼자 있을 땐 깊게 빠져 있다가 전화가 오면 마치 배우가 한 컷을 마치듯 밝은 목소리로 받는다.

이런 사실에 대해 두 가지 오해를 했다. 한때는 모든 사람이 다 이럴 거라는 생각을 했고 또 하나는 이런 나를 스스로 안쓰럽게 여겼던 것이다. 슬픈 것도 나인데. 세상 모든 게 좀 슬퍼 보이면 어때서 이미 우는 사람을 스스로 몰아세웠을까. 그래서 보통 내가 관심을 많이 두는 분야를 빼고는 세상 모든 것에 신경을 끄고 사는 편이다.

며칠 전에는 택배기사님과 엘리베이터를 같이 탔다. 한 여름이라 그을린 팔과 얼굴이, 그리고 아버지 젊었을 때를 닮은 짧은 머리가 눈에 들어왔다. 한 공간에 잠시 있을 뿐인데 시간의 압박이, 가족에게 가고 싶은 마음이 느껴졌다. 할 수 있는 거라고는 그 모습이 마음의 문을 열지 않길 바라며 지그시 눈을 감는 거였다. 나는 이렇게 산다. 지워지지 않는 기억을 길게 늘여 산문을 쓴다. 그래도 사라지지 않으면 줄이고 줄여 시인도 아닌 주제에 시라는 이름으로 뭉친다. 그래도 괴로울 때면 허수경 시인의 마지막 구절을 떠올린다.

자연을 과거 시제로 노래하고 당신을 미래 시제로 잠재우며 이곳까지 왔네 이국의 호텔에 방을 정하고 밤새 꾼 꿈 속에서 잃어버린 얼굴을 낯선 침대에 눕힌다 그리고 얼굴에 켜지는 가로등을 다시 꺼내보는 저녁 무렵

슬픔이라는 조금은 슬픈 단어는 호텔 방 서랍 안 성경 밑에 숨겨둔다

저녁의 가장 두터운 속살을 주문하는 아코디언 소리가

들리는 골목 토마토를 싣고 가는 자전거는 넘어지고 붉은 노을의 살점이 뚝뚝 거리에서 이겨지는데 그 살점으로 만든 칵테일, 딱 한 잔 비우면서 휘파람이라는 명랑한 악기를 사랑하면 이국의 거리는 작은 술잔처럼 둥글어지면서 아프다

　그러니 오늘은 조금 우울해도 좋아 그러니 오늘은 조금 우울해도 좋아, 라는 말을 계속해도 좋아***

, * 허수경, 〈누구도 기억하지 않는 역에서〉 중 '이국의 호텔'

분명 많은 비가 올 거라고 했는데
하늘이 참 예뻤어요.
졸업하거나 어른이 되면
복잡한 일이 줄어들 거라 생각했는데
여전히 머리 아픈 일이 가득할 때가 많죠.
또 어떤 날은 어땠나요.
너무 많이 생각하고 미리 걱정했는데
생각한 것보다 별일 아니었던 경우도 있죠.
너무 앞서 생각하지 말고 시작도 하지 않은 일에
미리 겁부터 먹지 말아요.
비가 오면 우산을 쓰면 되고
날이 좋으면 산책을 하면 되니까요.

글을 쓰는 이유

출판을 업으로 하는 분들을 뵐 때 가끔 듣는 말이 있다. "독자는 작가를 따라간다." 무슨 말인가 했더니 독자와 작가는 서로 성향이 비슷하다는 말이었다. 독자분들을 만날 기회가 많지 않아서 피부로 느끼기 어려웠던 말이지만 요즘은 절실히 느낀다. 나는 외부 활동을 거의 안 하는 편이다. 가끔 하고 싶은 건 진행하지만 그때마다 사진 촬영 금지를 조건으로 건다. 행사 홍보를 위해서 사진을 보내달라는 요청을 제일 난감해하는 그런 사람이다. 내 사진이 거의 없으니까.

외부 활동을 하지 않는 명확한 이유가 있다. 우선은 독자분들의 상상을 존중해주고 싶다. 모든 책을 다 읽지 않는이상 박근호라는 사람이 몇 살인지 어디 사는지 선명하게 알지 못한다. 혹여나 모든 책을 다 읽어서 나라는 사람에 대해 어느 정도 인지했다고 해도 몇 번 만나지 않는 이상 상상으로 박근호라는 사람을 만들 수밖에 없다. 어쩌면 정말 내가 아닐지도 모르는, 어쩌면 정말 나일지도 모르는 그 형태를 존중해주고 싶다.

또 다른 이유는 중독을 피하기 위해서다. 사랑은 중독된다. 너무 달콤하고 또 달콤한 것이라 살이 찌는지도 모르고 먹게 되는 과자처럼 말이다. 그런 중독은 여러 형태로 변환된다. 오만으로, 상처로, 실명으로. 오랜 무명생활을 겪으며 감사했던 건 이 사실 하나였다. 사랑을 당연하다고 여기지 않는 것. 대단한 거 하나 없는 나라는 사람을 스스로 하찮게 여기는 것. 그리하여 더 좋은 글을 쓰고 싶다는 욕망을 추진력 삼아 자꾸 공부하며 더 좋은 글을 쓰는 것. 보잘것없는 나를 응원해주는 독자분들을 만나는 날이 오면 너무 고마운 마음에 자연스럽게 지그시 눈을 감게 되는 것. 그런 것.

비슷한 맥락이지만 사실 가장 큰 이유는 솔직함 때문이다. 글을 굉장히 솔직하게 쓰는 편이다. 그래서 가족들이 내 글을 읽지 않았으면 하는 소망이 있다. 실제로 한 번도 책을 내고 가족에게 선물로 준 적이 없다. 내 책이 베스트셀러 칸에 떡하니 몇 달을 걸려 있어도 한 번도 데려간 적이 없다. 독자분들을 만나지 않는 것과 같은 이유다. 누군가 내 글을 읽고 있다는 사실을 인지하는 순간 솔직하지 못할 것 같다. 아버지가 내 글을 읽는다고 생각하면 아버지가 미웠다고 쓸 수 없으니까. 내 글을 읽어주는 독자분들이 많다고 생각하는 순간 손목을 그으려 했었다고 쓸 수 없을 테니까. 그래서 그토록 글 뒤에서 지낸다.

그래도 조금씩 독자분들을 만나는 시간을 늘리고 있다. 몇 달 전에는 전시회를 했다. 비밀화원이라는 이름으로 연 전시였다. 오후에 열어서 밤늦게 발권을 마감하는 이상한 전시였다. 꽃과 글. 음악과 향기가 중심이었다. 실제로 화병이 굉장히 많이 있었는데 너무 규칙적으로 배치하니까 하나도 예쁘지 않아서 불규칙하게 두었다. 그때 신경 썼던 건 관람하는 분들이 모르고 건드리지 않을 정도로는 규칙적이지만 보기에는 불규칙하게 놓는 거였다. 아니라 다를까, 전시 기간 내에 단 한 번도 화병이 깨지지 않았다. 규칙적이지만 불규칙적으로 화병을 놓는 작가와 그 배치를 이해하는 독자. 독자는 작가를 따라간다는 말이 정말 사실일지도 모른다는 생각을 그때 했다. 조용히 전시를 설명하는 나의 말에 독자 분들도 조용히 답을 해주었으니까.

상업적인 요구를 수용하고 싶어질 때마다. 글 쓰는 게 너무 두려워서 숨고 싶을 때마다. 적당한 타협을 통해 글을 마무리 짓고 싶을 때마다 내가 글 쓰는 이유에 대해서 다시 생각한다. 세상에 나라는 사람이 있다고 알리기 위해서 글을 쓰는 것이 아니다. 나는, 나 같은 사람들에게 당신은 혼자가 아니라는 걸 알려주기 위해서 쓴다.

방황하는 사람

요즘은 라디오 디제이를 하면서 지내고 있다. 한때 꿈이었는데 너무 늦지 않은 나이에 이룬 것 같아서 감격스러울 때가 많다. 공중파는 아니고 벅스에서 진행하는 거지만 어디서 하는지는 중요하지 않다. 하나씩 이뤄내고 있다는 사실이 중요하니까. 같이 작업하는 분들이 너무 좋은 사람들이라 함께하는 것의 아름다움도 배우고 있다. 이 글을 읽는 독자분들은 어서 벅스에 박근호의 비밀 음성사서함을 검색하시길 바랍니다.

특별한 이야기를 다루지는 않는다. 사람들의 고민을 댓글로 받아 보고 내 생각을 조금 말한다. 고민이나 오늘에 어울릴 것 같은 노래를 추천해주는 걸로 짧은 방송은 끝난다.

모든 영역에 집중하지만 사실 가장 신경 쓰는 부분은 음악을 고르는 일이다. 어설픈 나의 위로보단 음악이 주는 치유가 더 클지도 모른다는 생각 때문이다. 태어나서 한 번도 들어본 적 없는 노래를 누가 추천해줬는데 그게 내 취향에 딱 맞을 때만큼 기분 좋은 일도 없다. 그래서 남들이 잘 모를 만한 노래를 찾고 다양한 장르를 공부하고 있다.

여러 고민을 읽으면서 느꼈던 사실은 두 가지였다. 하나는 우리가 너무 비슷한 고민으로 살아간다는 것이었고 또 다른 하나는 그런 우리가 자주 다툰다는 사실이었다. 조금만 서로가 서로의 입장을 이해하면 그렇게 세상이 싸움 투성이진 않을 것 같다는 아쉬운 마음. 공감과 연대는 먼 곳에서 시작하지 않는다.

타인이 나와 비슷할 거라는. 나와 타인은 그다지 다르지 않다는 사실에 초점을 맞출수록 울타리는 두꺼워진다. 불안이나 방황에 관한 이야기가 많았다. 하고 싶은 일이 무엇인지 모르겠다거나 되고 싶은 모습이 있는데 할 수 있을까 하는 그런 불안들. 이유도 없는 막막한 절망 같은 것들.

그런 고민을 읽을 때면 마지막에는 할 수 있을 거라는 말을 건넨다. 사람들에게 필요한 건 현실적인 방향이나 조언보다는 자신을 믿어주는 마음이라고 생각했다. 가끔은 막연한 믿음도 필요한 법이다. 물론 자아도취와 믿음은 다르지만. 음악을 하던 당시에 무대에서 내가 만든 음악을 여러 사람이 따라 불러주는 상상을 했었다. 그리고 그 사실을 간절히 믿었다. 내가 가진 게 아무것도 없어도 믿었다. 믿는다는 건 때로는 이유 없이 맹목적이어야 하는 것이니. 성대가 갈라지고 라면으로 저녁을 때워도 그래도 믿었다. 물론 지금은 노래가 아닌 글자로 하늘에 닿고 있지만 모든 건 믿었기 때문에 가능하다고 생각한다.

아무리 그래도 가끔은 내가 나를 믿어주는 것만으로는 힘이 부족할 때가 있다. 그럴 때면 나는 괴테가 썼던 문장을 곱씹으며 조금씩 걸어 나간다. '인간은 노력하는 한 방황하게 되어 있다.' 우리가 그토록 방황하고 흔들리는 건 잘 살고 싶은 마음이 그만큼 크기 때문이다. 그러니 사는 게 너무 절망이어도 주저앉지는 마시길. 노력해서 방황하는 것일 뿐이고 잘 살고 싶어서 흔들릴 뿐이니까. 돌고 돌아도 결국엔 닿는다.